散文家文丛

垓下的月色 GAIXIA DE YUESE

时代出版传媒股份有限公司
安徽文艺出版社

作者简介：

　　谢思球，中国作家协会会员，安徽文学院签约作家，安徽省作家协会小说专委会委员。著有长篇小说《大徽班》《大泽乡》《大明御史左光斗》《裙带当风》和中短篇小说多部。曾获安徽省社科奖（文学类）、第五届曹植诗歌奖等奖项。现为枞阳县图书馆馆长、铜陵市文化名家文学工作室领衔人。

散文家文丛
赵焰 主编

垓下的月色

GAIXIA DE YUESE

谢思球 / 著

时代出版传媒股份有限公司
安徽文艺出版社

图书在版编目（CIP）数据

垓下的月色/谢思球著. —合肥：安徽文艺出版社,2022.10
（散文家文丛）
ISBN 978-7-5396-7430-8

Ⅰ.①垓… Ⅱ.①谢… Ⅲ.①散文集－中国－当代
Ⅳ.①I267

中国版本图书馆 CIP 数据核字(2022)第 006524 号

出 版 人：姚 巍　　　　　　统 　筹：张妍妍　姚 衎
责任编辑：张妍妍　姚爱云　　装帧设计：徐 睿

出版发行：安徽文艺出版社　　www.awpub.com
地　　址：合肥市翡翠路 1118 号　邮政编码：230071
营 销 部：(0551)63533889
印　　制：安徽联众印刷有限公司　(0551)65661327

开本：880×1230　1/32　印张：8　字数：180 千字
版次：2022 年 10 月第 1 版
印次：2022 年 10 月第 1 次印刷
定价：38.00 元

（如发现印装质量问题，影响阅读，请与出版社联系调换）

版权所有，侵权必究

总序

散文的魅力

　　说散文，是老话重提，也是旧事重提。有些话，避不开，躲不掉，说千道万，也必须说。

　　仓颉最初造字，惊天地，泣鬼神。文字，那时候是用来通神的，文章自然也是。甲骨文不是文章，最早的散文集，应该是《尚书》，都是上古的文字，正大庄严，有万物有灵的意义。之后，青铜器出现，文字，也带有青铜般神圣的意味。先秦人作文，刀砍斧劈，铿锵有力，凡事都要说一个理来，列举寓言，也是说理。理直气壮，哪怕是歪理，也显得振振有词。那时凡文字成篇，皆是文章，由心而生，不玩辞藻，不是"诗言志"，就是"思无邪"。《道德经》高蹈玄妙，神出鬼没，把世界的至理都讲透了；《论语》诚恳实在，雍容和顺，平易中可见性情；《庄子》恣意汪洋，风轻云淡，最可贵的是难得的自由；《孟子》灵活善譬，多辞好辩，有凛然之威慑力；《韩非子》辞锋峻峭，雄奇猛烈，有强词夺理之急切。

　　先秦文章，如文字附诸甲骨、青铜之上，电光石火，意在不朽。有金石之音、风云之气的，是《左传》和《国语》。据说左丘明眼睛出问题了，孜孜于《左传》；双目失明了，仍不放弃

《国语》。左氏有力杀贼,无力回天,笔下的每一个方块字,都是刀剑淬火。不仅仅是左丘明,那时候的知识人,晋之董狐、齐之太史兄弟等,都是以文字为金石,视文字为重器。他们落下文字,是以天地为鉴,想着石破天惊的千古之事。

重剑无锋,大巧不工。文章,以此风格慢慢延续。后来,凡刻在竹简上、写在纸上的,都被视为灵魂的祭奠,是用来封印的。文章,更被视为跟生命同质,甚至比生命更加永恒。

那时候的文章,最可贵的品质,在于真与朴,在于是非的坚守,以气节和热血激扬文字。字词落下,熠熠生辉,感天动地的是作者的诚意。以真心做文章,文章不一定见真理;可是一定比假话作文要好,用假话写出来的,一定不见真理。那个时代的文章,足以惊天地泣鬼神。

先秦人写作,也遇到烦恼。烦恼是什么?如老子云:道可道,非常道;名可名,非常名。表达不好把握,写着写着,偏离本来,或者言犹未尽,不敢多说。文章的游离和不确定,让人们更惧怕和敬畏,文字因此更生神性。人们不敢多说,也不敢多写;不敢乱说,也不敢乱写。

秦汉时期,文字如长城的砖石一样,沉重古朴。司马迁的《史记》,是其中的典范。《史记》就是无形的长城,黏合字词文章的,是无数的血和泪。欲知司马迁对散文的态度,看看他那篇千古雄文《报任安书》就知道了:

……草创未就,会遭此祸,惜其不成,是以就极刑而无愠色。仆诚以著此书,藏之名山,传之其人,通邑大都,则仆偿前辱之责,虽万被戮,岂有悔哉!

司马迁视自己惨遭宫刑为奇耻大辱,悲恸欲绝,欲哭无泪。《史记》寄托了司马迁的生命,也延长了他的生命。司马迁唯个人良知为天理,宁死而不肯妥协。以"成者为王,败者为寇"的惯例,只有帝王才能入列"本纪",可是修史的司马迁不买账,因崇敬项羽的英雄气概,将项羽列入了"本纪"系列,文字中不吝赞美,相反,对胜利者沛公,常有贬损。司马迁如此做,将一切置之度外。汉武帝想必十分恼火,却也无法,不好干涉太多,因为那时候的史志,尚不是官史,个人评藻中,尚有自由。

与《报任安书》一样铁血侠气的,还有李陵的《答苏武书》、杨恽的《报孙会宗书》,这些文章的好,在于真意畅达,以热血为文字书写。箭镞破空,真意畅达,行文自然旷远;万千沟壑,聚云成雨,落笔自成文章。那时的社会,尚没有文人这种狭隘的职业。只有士,上马杀贼,下马作文;仗剑夜行,又能变身为行侠仗义的豪杰。

顾随说中国历史上最好的文章,都不是文人所写。好的文章,一定是情思哲思喷薄而出;也是"飞蛾投火",不是烧没了,而是烧出生命的气息。好的文章之中,一定有一种大于文学的精气神做支撑,不是就事论事,或者单纯地叙述,而是以全部的生命能量,去拥抱作品,成就华美的篇章。

《离骚》的伟大,是屈原"长太息以掩涕兮,哀民生之多艰"

的叹咏；《史记》的伟大，是司马迁"究天人之际，通古今之变，成一家之言"的悲怆；后来杜诗的伟大，是有着"致君尧舜上，再使风俗淳"的情怀。

汉朝出现汉赋这种东西，华丽铺陈，可以视为文字的卖弄和游戏，也可以视作语言文字的技术拓展。贾谊、枚乘、司马相如、扬雄的文辞，各有各的华美。可是华美过了，华而不实，就成问题了。曹氏父子，是另类。曹操不是文人，他的风流高旷之气，让一般人难以望其项背。曹操的好，在于有大性灵、大胸襟、大气魄、大悲悯、大境界，有强烈的个体自主意识。魏晋文章，曹操排第二，谁也不敢称第一。"三曹"当中，曹操排第一，曹丕排第二，曹植排第三。曹植才气第一，为什么作文第三？因为胸襟太小，文人气太盛。曹操的文章、曹丕的论文，兼有文采和性情，有大认知，都不是胸无韬略的文人可写就的。

魏晋南北朝时期，可视为"第二次百家争鸣"。外部文化传入，自我意识增强，产生了诸多有趣的灵魂。灵魂有趣，文章自然有趣。从王羲之的《兰亭集序》就可以看出，魏晋之时知识人生命意识的觉醒。文章开头，是雅集呼朋唤友的轻松，可是写着写着，文字变得伤痛，沉郁而浩渺的悲伤出现了。这种悲情，不是传统的家国情怀，而是对人之为人本质感到的凄凉。王羲之的心境，比《观沧海》时的曹操更为孤独，也更为柔软。他其实是把自己的心灵一层层地剥开，深入最脆弱的内核了。

从魏晋开始，本土的儒家和道家受佛家影响，生命意识觉醒，思维打开，聪明转为智慧，智慧连接虚空，转成艺术哲学。

地理学著作，有张华的《博物志》、郦道元的《水经注》；医药方面，有张仲景的《伤寒杂病论》、葛洪的《抱朴子》；文论方面，有曹丕的《典论·论文》、陆机的《文赋》、刘勰的《文心雕龙》、钟嵘的《诗品》、谢赫的《古画品录》等。至于好文章，就更多了，除了左思的《三都赋》、陶渊明的《桃花源记》外，还有杨衒之的《洛阳伽蓝记》、刘义庆的《世说新语》、沈约的《宋书》、庾信的《枯树赋》等——这些文章，天朗地阔，荡气回肠，如秋雨后的蓝天白云。

一些志怪类文章也好，比如干宝的《搜神记》等，鲜活灵动，充满着生命的活力、想象力，体现了自由意志，是"天人合一"理念的延伸。

魏晋文章，堪称高妙。这高妙，跟东西方文化的碰撞有关，跟佛学的渗入有关。外来思想，激活中土，释放的能量有点超出人力范畴，随处都是鬼斧神工，随处都是余音三匝。

宗白华语："晋人向外发现了自然，向内发现了自己的深情。"这一句话，异常体贴到位，是今人对晋人的懂得。诸多魏晋名士的无情，有时候是深情，是对世界的深情，也是对人性的深情。

魏晋文章，还有音乐性——文字语言之间，有节奏变化的神韵，有内在的纹理，有数理的神妙。这些，都可以视为文字本身具有的神性，被发掘出来了。魏晋文章，在这方面有很好的探索，它是以字词为手指，触摸神秘的领域。

魏晋南北朝之后是唐朝，唐朝有胡风，就文化上来说，走的是"天苍苍,野茫茫,风吹草低见牛羊"这一路,有元气饱满、云开日出的浩荡,也有化繁为简的力量。唐初,诗歌是主流。唐诗,以废名的说法,是散文化的。唐诗,其实是韵文,不倾向于说理,而是情感的滥觞:一往情深,触景生情,情真意切,因情生韵,万物皆性,普天同情。到了中唐之后,韩愈实在看不过去了,这才站了出来,强调文章内容的重要性,提倡文章要言之有理,言之有物。韩愈等人倡导的古文运动,是将高飞的纸鸢,用线拴在手指上。文章因而变得更安全,也更踏实了。

与韩愈的格局严整、层次分明的特点相比,另一个同时代大家柳宗元,走的是幽峭峻郁一路。他的文章,多是情深意远、疏淡峻洁的山水闲适之作,结构精巧,语言轻灵,是唐宋文章中的另类。

"唐宋八大家"是明初的总结和提倡,带有强烈的专制文化气息,是对旧时的"封神"。将天上飞翔的、地上奔跑的、悠闲旁观的文章,全都变成了正方步的标准。"唐宋八大家"指的是唐代的韩愈、柳宗元,以及宋代的欧阳修、苏洵、苏轼、苏辙、王安石和曾巩。八人所作,当然是好文章,可也不能代表唐宋的全部,此提倡还是意在说理,意在策论,带有强烈的先秦风,此后基本被固定为中国文章的圭臬。可是此一时彼一时,明清之风哪是先秦之风?先秦是"百家争鸣"的自由和探索;明清呢,是高压之下的雷同和桎梏。如此作为,早已南辕北辙,不是一回事了。

明清,制度以"明儒暗法"为标准,文章,也是以"明儒暗法"为标准。这一点不似书画——一直以来,书画相对超脱,评价标准，不是儒法，依旧是佛老。

"唐宋八大家"中，唯一带有佛老气质的，是苏东坡。苏东坡堪称儒释道俗四位一体。他的《赤壁赋》，如拈花微笑、羚羊挂角。文章好就好在天地彻悟，有清风明月境界，以有限连接无限：

> 清风徐来，水波不兴。举酒属客，诵明月之诗，歌窈窕之章。少焉，月出于东山之上，徘徊于斗牛之间。白露横江，水光接天。纵一苇之所如，凌万顷之茫然。浩浩乎如冯虚御风，而不知其所止；飘飘乎如遗世独立，羽化而登仙。

魏晋之后，中国文章大都端正肃穆，笔法精练，大多时候，难得真谛，难得幽默，难入众妙之门。《赤壁赋》悟出了天地之道，也悟彻了人生之道，寥寥数百字，是大文章。《赤壁赋》的好，还给文章一个情感和哲思结合的示范，如洞开了一个大窗口，让人目睹了最大的可能。文章本身，有通透的彻亮，由于承载了大内容，文字也被激活，有了弦外之音；如玉石包浆，有了光泽，成为美玉。

宋文化，跟唐不一样，风格上清正风流、沉静安稳，接的是南朝的风格，相对雅致明理。唐宋文章，是拼命增加厚度，可是文章光有厚度不行，还得有高度和宽度，有灵性，有通孔。文章，当然可以格物致知，可是若隐去头顶上的月明星稀，也摒除身边的滔滔江水，缺少生命意识和自由意志的注入，肯定会变得呆滞沉闷，如死面团一样无法拿捏。

文学和艺术低劣的时代，很难说是好时代。元朝是这样，明朝前期也是这样。明代中期之后，社会相对稳定，经济快速发展，人有觉醒的愿望，有自由的意识，春意萌动之下，文学如春花沐雨，尽情开放。这一段历史，有文艺复兴般的意义，资本主义也好，人文精神也好，初具萌芽。相对自由的状态下，知识人个性十足，唐寅、李贽、董其昌、徐文长、金圣叹、李渔等都是"奇谲"之才。人有了自我意识，性灵回归，自然活过来了，成为独一无二的存在；文章有了性灵，也活过来了，融乐趣、情趣、风趣、志趣为一体，也是如花朵一样自在绽放。

文章跟人一样，需内外兼修。外在，是语言；内在，是情怀、学问、趣味和思想。晚明众多文人，寄情于山水和风物，文字中注入了生命意识，活力无限，生机勃发。晚明文章的好，最主要得益于人的解放——人性得到释放，有自由的心灵，文章自然而然就好了。好的文章，永远有着人体温度，甚至至情至性，是天地自然熏陶的结果，也是性灵悠游的一团雾气。

清军南下，国破家亡，大好的文艺局面也被毁。明末清初，傅山、王夫之、顾炎武、黄宗羲、方以智、冒襄、张岱等人，既有"国破山河在"的孤愤，也有杜鹃啼血的伤痛。他们后来写出来的文章，冷风热血，洗涤乾坤，是千年的哀愁，也是千年的惆怅。

清代统治，钳制刚硬，在"文字狱"的背景下，文章分为两派：一派为文选派，一派为桐城派。文选派以《昭明文选》为圭臬，讲究文采；桐城派呢，以承接传统为己任，讲究义理和文气。可是义理也好，文气也好，桎梏过多，拓展跟不上，气韵也接不上。义理追求，若难破禁区，下行为循规蹈矩；文气倡导，若没有自由，扭曲为装腔作势。

民国文章，重点在破，不在建。民国这个时代，承前启后，知识人有大使命，文章也好，文学也好，都是如此。以文章来破道统僵死的"神"，也破社会僵死的局，责任重大。

民国文章，是中西融会，试图打通东西方文化。短短的民国，为什么出现了很多大师？是"旧学邃密"和"新学充沛"交融的结果——民国之初，全方位开放，东西方文化交流，几乎无障碍。优秀知识分子相对独立，做的又是不破不立的事，大气象自然形成，大格局自然养成，大师也纷然呈现。严复、胡适、林语堂等等，都是以这样的方式被激活的，是时势造大师，也是大师造时势。

陈独秀、胡适、鲁迅一班人，以文字揭竿而起，引导民众探索前方道路。路在何方，很多人不知道，若论清醒者，胡适绝对算一个。民国腔调的好，在于自由度，敢讲敢说，切中时弊，妄自非薄。民国之初，各方面是很宽松的，言论相对自由，没有"文字狱"，没有精神桎梏，人们的创造力得到了激发，相比之前二百多年的严酷统治，最大程度上激活了社会的创造精神和自由精神。

民国文章，最精彩处，是真挚、高贵、尊严和趣味，最突出的，莫过于真挚。真挚，最基本的，是讲真话。文章，最可贵的，还是"真"吧，一"真"遮百丑，一"假"毁百优。以真为基础，讲真话，说人话，是做人作文最重要的东西。真话，不一定是真理，可是假话一定不是真理。真话，有美的光泽。假话，没有美的光泽，只有铜锈的青绿，泛着难看的死色。

文章之背后，实是人心，是思想的突破，以及意志的艰难前行。人心软弱，难成黄钟大吕。

真挚、高贵、尊严和趣味，这四个词后来为什么屡屡让人缅怀？是因为中国历史上，能体现这四点的时代，是少而又少。

民国历史太短，万象伊始，尚未深入，就已结束。民国文章也是这样，若论深厚，暂且不足；若论广博，也嫌不够。民国以文字承前启后，继往开来，无论对现代汉语的确立，还是对时代精神的探索，都立下了汗马功劳。可是文学单骑突进，文化没有系统改造，国民性整体没有跟进。到了最后，不免雷声大雨点小，声嘶力竭中，性命孱弱，最终还是坍塌下来。

民国破了文化的"神"，也破了文章的"神"。文章破"神"之后怎么办？有的堕落下行，沦为工具；有的依旧坚守，寻找新的神灵。民国白话文，尚未从古典文字中走出来，思想尚未成熟，精神尚未深入。不过那一段时间的文章认识格外纯真，表达极有诚意，好似当时女大学生所穿的白衣蓝裙，清纯是清纯，积极归积极，却有些呆板，难得有老到圆熟的认知和智慧。

试着总结一下：先秦文章，有思想，有力量，有风骨。魏晋文章，有真谛，有才华，有趣味，有风云气象。唐宋文章，成为历史上的一个高峰。之后，文章写着写着，格局越来越小，横里也变小,竖里也变小;横的是文采,竖的是思想……从总体上来说,中国文章,强在形式,强在音韵,强在风华……弱在思想,弱在哲思,弱在幽默……文字与思想,一直是血肉和筋骨的关系,概念上是可以分割的,事实上却是无法分割的。好的文章,一定内在带动外在,以性灵和思想带动语言文字,绽放出迷人的自由光华,蕴藏着对众生的安抚和拯救,并以与社会的连接,点亮精神的闪光点。

文字,若能够找到与天地、自然、社会与人心的连接,不断地发掘它们之间的关系,绝对是好文字;若以文字的功效,不断地探索世界的本质,也是足够光彩的好文字。

以我的认知,散文,或是思想的光华,或是文字的魅力,或是意志的前行,或是情趣的表达,或是禅意的隐约……好的散文,一定是生气勃勃的:它是清风明月,是葳蕤生长的植物,是田野氤氲的岚烟,是柔情摇曳的花朵,是夏夜小河边的萤火闪烁,更是头顶上璀璨无比的星辰河汉……文章,还是清妙的福音,如《奇异恩典》般的歌唱,有自上而下的恩泽和光亮。以我的观点,《圣经》也好,佛经也好,都是最美的文章。那种文字中蕴藏的般若性,那种腔调中的善意,那种虔诚的态度,那种圆融芳香的气息,那种清静恍惚的圣洁,都是叙述和表达的绝美体现。如此文字,字里行间,静谧空灵,仙乐飘飘,有内在的韵味,有永恒的诗意。相反,那种故弄玄虚、故作姿态、装腔作势、无病呻吟的东西,都不能称为好文章。

强调一下,稳固常识——散文如花,花朵呈现的光泽中,一定要是真的，唯真才是生命。真是通灵的，是善与美的基础。没有真，不是善也不是美，只是如塑料花一样漂亮，也如塑料花一样虚假。

闲语不赘，言归正传。这一套安徽文艺出版社的"散文家文丛"系列，旨在以丛书的形式，努力推出一些能够进行内外探索的好文章好作者。文章以美为表，以真为骨，以趣为气，以好读和耐读为基本要求。我们一直以这个标准看待文章，也是以这个标准来选择作者的。对于散文的定义，我们延续化繁为简的说法：诸多文体中，小说，占了一个山头，绿树成荫；诗歌与戏剧，又分别占了一个山头，枝繁叶茂；山头与山头之余，是大片郁郁葱葱的草地，它们叫作散文。散文很大，它是文字最原始最苗壮，也是人心最辽阔自由的地带。

孔子说："质胜文则野，文胜质则史，文质彬彬，然后君子。""文"，是文采，是外在的；"质"，是内里，是内在的。此语可以形容君子，也可以说文章——好文章，也是"文质彬彬"，其美如玉。顾随说："中国文学、艺术、道德、哲学——最高之境界皆是玉润珠圆。"这一个标准，是通感，也是天道，是客观存在的。好的散文，浑然天成，如同美玉，那一抹无比迷人的润泽，是天地之灵光，也是迷人的人情之美。

赵焰

2019 年 7 月

目录 Contents

总序　散文的魅力　赵焰 / 001

第一辑　细雨骑驴

　　垓下的月色 / 003

　　乌江的秋天 / 007

　　西风垓下 / 011

　　秦淮歌女 / 015

　　古秀才走宣州 / 019

　　莼鲈之思 / 023

　　地·光荣与梦想 / 027

　　燕燕于飞 / 033

　　凤凰之夜 / 037

　　快乐德夯 / 041

　　机器人手捧桃花 / 044

　　从石牌到韩家潭 / 047

　　太湖寻禅(三章) / 052

　　向匠心鞠躬 / 060

　　枫桥夜泊 / 065

　　斯是陋室 / 069

　　去岳西看山 / 073

001

卷轴(三章)／077
清香徽州(六章)／083
徽州女人／099

第二辑　书生意气
流放或飞翔的诗心／111
厚积落叶听秋声／116
黄永玉和谢蔚明／124
风满怀／129
出逃的诗心／132
江南文人(六章)／136
李叔同和李苹香／150
书生的一种活法／160
一个人的山水长廊／165
大师的黄昏／169
流放者的苍凉／173
我家门外长江水／179
做一颗读书种子／188
左光斗故里行／194

第三辑　谷生郊野
庚子年的一粒谷子／199
青阳腔／202

寻找胡普伢 / 206

越剧的美丽和哀愁 / 211

蓝印花布 / 214

血脉里的故乡 / 218

石溪 / 223

岱鳌的蜕变 / 227

守望乡土 / 231

文学梦或虚度时光 / 237

第一辑

细雨骑驴

垓下的月色

到达垓下的时候,正是黄昏。乘了几百公里的车,一路颠簸,浑身疲惫不堪。一下车,我还是急切地向垓下遗址走去。天突然刮起了大风,吹得人有些摇晃。终于,遗址已在眼前,我在安徽省人民政府立的写有"垓下遗址"四个大字的石碑前站住了。是的,确定是这里了。空气中突然有了股血腥味,夜色变得黏稠起来,每走一步都变得很吃力。我的目光投向沉沉的暮色,什么也看不见了。身后,已是万家灯火。

垓下遗址位于今天的安徽省固镇县濠城镇。汉高帝五年(前202)十二月,刘邦与项羽在此展开了一场规模空前的决战,这就是"垓下之战"。这场战役后被军事家们列为世界七大战役之一。战役期间,项羽屯兵的据点称霸王城。霸王城是一座土城,呈椭圆形,占地四百多亩。历经两千多年的风吹雨打,土城轮廓依稀可见,护城河里虽然淤泥壅塞,但旧貌依然清晰。垓下遗址上今天已遍是田园村庄,霸王城遗址上的村庄就叫古城村。

月亮升起来了,周围有一圈光晕,今夜的月亮像时空深处一滴悬而未落的泪水。在垓下的月光里我感到一种彻骨的寒冷。说起项羽,那是何等的英雄人物,他从江东起兵后,身经大小七十余战,所向披靡,战无不胜,天下为之震惊。想巨鹿之战,他和士兵只带三天口粮,烧毁营舍,破釜沉舟,那是何等的胆略与豪气。然而,他在垓下时已是雄狮被困,汉军十面埋伏,十面埋伏啊,声声战鼓,声声呐喊,步步紧逼,绝境中的英雄。两千多年前的那个夜晚,月色也似今夜这般吗?当四面楚歌声起时,项王大惊曰:"汉皆已得楚乎?是何楚人之多也!"他披衣而起,独饮帐中,慷慨悲歌:"力拔山兮气盖世,时不利兮骓不逝,骓不逝兮可奈何,虞兮虞兮奈若何?"虞姬能说些什么呢?说再多安慰的话也不能改变现状。她能做的,唯有表明自己和项羽不求同生只求同死的心迹。她抽出剑,剑光如雪,边舞边和曰:"汉兵已略地,四方楚歌声。大王意气尽,贱妾何聊生!"英雄美人,一歌一和,"左右皆泣,莫能仰视"。虞姬歌罢,引颈自刎。这是绝世红颜生命的最后一刻,天地间涌动着一股悲壮凄艳的气氛。英雄泪,美人血,二者在风中洒落,混合,流淌,世间还有什么比此更令人断肠?

那晚,垓下的月也同今夜一样像一滴泪水吗?霸王别姬,多少年来,京剧舞台上一直在慷慨悲凉地唱。"剑光生烈焰,欲取项王头",霸王在怒不可遏时,会来一句"哇呀呀呀呀呀呀",像一阵急急风,锣鼓大作,震耳欲聋,天昏地暗。六个"呀"字,每一个都掷地有声,一个比一个高,一个比一个声嘶力竭。当气力到达最后一个"呀"字时,已达到了顶峰,顶峰就是绝路。绝路上只有苍凉的月色,死寂无声。苍穹如盖,你和头顶上的冷月都在劫难逃。杨小楼的这一声喊,成为戏曲舞台上的绝唱。此后,仅此一句,再也没有人能超越他。霸王别姬,总是告别。人生就是不断地告别,告别童年,告别故乡,告别心爱的人。最终,人也要同自己告别,就这样过完了一生。

十面埋伏,四面楚歌,举步就是深渊。项羽的垓下之诗抒尽了一个末路英雄心中的无奈和苍凉。"骓不逝兮可奈何,虞兮虞兮奈若何?"这是对命运悲壮而激烈的叩问。命运就是楚河汉界,就是棋枰上纵横交错的网,就是无处不在的血腥的风。一粒棋子深陷其中,它不知道路在何方。

败了就败了吧,在天地间树立起一个悲壮的坐标,好在历史从不以成败论英雄。只是,败在刘邦这样的人手里让人总有些不服。刘邦何许人也?《史记》中说他"好酒及色",一个经常赊酒喝得烂醉且好色的准无赖,才智与勇武皆不及项羽,起兵后屡战屡败。但像勾践那样,他能忍辱负重,在项羽要烹杀其父时还大叫要分一杯羹。当项羽要与他一决雌雄时,他笑着说:"吾宁斗智,不能斗力。"他与项羽约定以鸿沟为界,互不侵犯,可当楚军撤出关中处于弱势时,他又抓住时机落井下石,率各路诸侯穷追猛打,直打得项羽逃无可逃。历史安排项羽这个人物出场,就是让他成为一个惊心动魄的英雄,成为悲剧,而不是让他做一个成功的帝王。

皖北平原,沃野千里,一马平川。村庄与田园,在如水的月色里古朴、庄重,垓下遗址有一种泱泱大美。

月光如刃。在垓下古战场上漫步,不知不觉间,你就走进那种悲凉的氛围里。你行走在亡魂之间,前后左右,无论你走到哪儿,似乎都有一双双看不见的冷眼在打量着你,让你毛骨悚然。护城河蜿蜒而去,里面长满了芦苇。遗址上多刺槐,尚未发青的枝条在月下看上去像箭矢,如乱戈。除了刺槐外,还有我喜欢的泡桐树——除了童年时在家乡,我已多年没有见过这种树了,我悲凉的心境里有了一些温暖。再过些日子,这里将遍是洁白的槐花、紫幽幽的泡桐花。刀光散去,空气中将是浓浓的花香。

垓下遗址并不像其他旅游景点那样火爆,遗址基本处在未开发阶段,这反而更加自然、真实和悲壮,更加契合我的心境。垓下,一个悲壮的地点,当我站在这儿的时候,就有着江山微凉的心情。

凌晨,一夜风吹,我起床的时候发现西天的月亮脆得像一张纸。古战场上,一位早起的农民正在专注地侍弄着麦田。

作于2001年4月

乌江的秋天

"一个地址有一次死亡。"

抵达乌江之时,我才真正体会到诗人柏桦这句诗的含义。当我在公路边的交通标牌上突然看到"乌江"两个大字时,内心掀起惊涛骇浪,夹杂着天崩地裂的声响。我知道,我正在进入一个特殊的地址。虽然立秋已有数日,但我感觉,今年的秋天,至此才真正来临。

我就是在这样的秋天里走向乌江。

先是到了凤凰山上的霸王祠。霸王祠历史悠久,汉时称项亭,唐初扩建为祠,李白的从叔李阳冰为之篆额"西楚霸王灵祠",后几经兴废。祠外今人新建有驻马河、乌江亭、抛首石、三十一响钟亭、二十六骑士坡等景点。祠内的主体建筑是享殿,殿内矗立着一尊项羽青铜立像。项王目光如电,怒视前方,威严、悲壮,处处透露出一种豪气干云、谁与争锋的霸气。享殿的后面有一座墓,那里是项羽的衣冠冢。祠外还有一座碑园,里面是历代骚人墨客题写的诗词和楹联。一位成于军事、败于政治的悲剧英雄,引起了后人的无限感慨。

出霸王祠大门,再向东走,就是去乌江的方向。

乌江是长江下游的古渡口之一,是沟通南北的交通要津,也是秦汉时长江下游离入海口最近的渡口。项羽兵败垓下之后,逃至乌江。乌江亭长停船以待。亭是秦汉时的一种基层行政组织,"大率十里一亭,亭有长。十亭一乡"。望着狼狈逃窜的霸王,亭长无奈地安慰他说:"江东虽小,地方千里,众数十万人,亦足王也。愿大王急渡。今独臣有船,汉军至,无以渡。"项王笑曰:"天之亡我,我何渡为!且籍与江东子弟八千人渡江而西,今无一人还,纵江东父兄怜而王我,我何面目见之!纵彼不言,籍独不愧于心乎?"语毕驻马,仰天长叹,然后赠乌骓与亭长,一番鏖战之后,拔剑自刎,并抛首于故将,血洒乌江之畔。乌江,因两岸土地多为黑壤而得名。它只是一条河,宽二三十米,通江。通江的地方被称为乌江浦。

英雄自刎,成为绝唱。从此,乌江又多了一个名字,叫作驻马河。

驻者,止也。风停尘住,烟消云散。马停了,旷日持久的楚汉之争停了。并非无路可逃,也并非无处可逃,只是有愧于逃,耻于逃。有一道无法逾越的鸿沟,在面前,在心里。有愧,不愿苟且偷生,乃以生命还之,真英雄也。驻马乌江,那是怎样一种晦暗的心境?你深爱的虞姬走了,一同出生入死的江东子弟也走了,只剩下漫山遍野的追兵,只剩下你孤单的身影站在风中。与其说你是被敌军追赶,不如说是被一种命运追赶。你被一种悲剧的人生扼住了。羽生重瞳,然而重瞳又能如何?能看清险机与阴谋、前路与归途?

眼前只有滔滔的江水。再多的水,也不能为生命止渴;再多的水,也不能洗净伤口。血,在风中飘洒,回到泥土的深处。

龙战于野,其血玄黄。一个悲剧到了尾声,时间停了,生命停了,一切都停止了。只剩下一个空洞的地址,散发出无尽的苍凉。

去乌江的路崎岖不平,不时驰过的车辆扬起漫天的灰尘。由于不熟悉路况,三轮车司机带着我在圩内兜了一个大圈了。在去乌江的途中迷路一次是必要的。圩内有一座村庄,叫作驻马村,位于乌江南岸。此处地势低洼,多河道。《史记·项羽本纪》中说,从垓下突围的项羽与百余亲兵,由于农夫的错误指引,"乃陷大泽中"。大泽,可能就是指这里和周边区域吧。此处多杨树,可以不时地看见一棵一棵光秃秃的意杨,枝丫茫然地伸向空中。这并不是秋天自然落叶,而是叶子被虫子噬尽了。

夏秋之交的最后一拨暑热里,我独坐于乌江浦畔。这里是乌江入江的地方。水分清浊,河水清,江水浊。清澈的河水源源不断地汇入滚滚江流之中。空旷的江面上,苍穹低垂,长风浩荡,波涛翻卷,永无终止。

在乌江面前,在水面前,我感到生命像芦苇一般脆弱而孤单。时间的激流要把我们带向何方?

深秋和夜色,正提前从远处的江面上到来。

陪伴着岸边的乱石、寂寥的芦苇和无尽的江声,我深陷于一个地址里,深陷于乌江的秋天,无力自拔。我嗅到一股强烈的血的气息,正从时空深处飘来。那些穿透云霄的呐喊,有着青铜般的质地和重量。我相信,真正的勇士从未消失。

眼前风起云涌,乌江,在我的血液里掀起波涛。

乌江,一条河流的名字,一个苍凉的地址。而我,似乎并未真正抵达。

作于2008年8月

西风垓下

说书人的架子鼓在古老的沱河畔支了起来。鼓声响起,两块月牙形铜板在他的手指间蝴蝶般翻飞着,发出激越的声响,就有些金戈铁马的意味了。说书人的脸上风云骤起,血在奔涌,他涨红了脸,待涨成紫肝色,一声粗犷的吼叫像霸王的乌骓破空而出,他唱道:"众三军闻歌声你悲我痛,不由得皆伤感珠泪盈盈。想我等随大王东征西战,不料想粮道绝有死无生。闻歌声是神人搭救我等,指明路回家转赶快逃生。众三军一个个纷纷议论,虞美人闻歌声大吃了一惊……"

唱的是作家潘小平撰写的淮北大鼓《战垓下》,描述的是项羽在垓下遭遇十面埋伏和虞姬自刎的情景。我们在固镇县垓下古战场上徘徊着,在项羽曾屯兵的城垣遗址上行走着。沱河逶迤,无语东流。遗址南边有个古渡,名曰"张大渡口"。此时,渡船和艄公都不见了,我有一种被抛弃在历史深处的错觉,手心里紧紧攥着刚刚捡拾来的一块汉瓦。唤归的楚歌,在垓下上空隐隐约约地飘荡着,无家、无依,透着骨子里的凄凉,看不清来路与归途。我们寥落的身影,像原野上一株株破败不堪的老玉米。

我是有项羽情结的。二十年前,我第一次独自一人慕名寻访垓下,转了四五趟车,跑了一整天,终于抵达了垓下。记得到达的时候正是黄昏,走近霸王城遗址时,天突然刮起了大风。风沙扑面,吹得人站立不稳。转了一圈后,我发现这里与皖北其他地方的村庄、原野没有两样。要不是有一块省重点文物保护单位的标志碑,真让人怀疑是不是到达了史书里记载的垓下。晚上在附近一家旅馆里住下了,风刮了一夜。黎明起床的时候,风止了,西边的天上挂着一轮浑圆的冷月。后来,我还先后到过虞姬墓和乌江口。那时,作为一个热血青年,我在试图寻觅着什么,为苦闷的青春找寻着可以对话的载体,以及破釜沉舟的决心和勇气。我并不知道自己是否找到了。

随着年龄的增长,我吃惊地发现,自己从少时一直仰慕的项羽形象,不知从什么时候开始,逐渐褪去了那种神秘的光环。与此相反的是,我对素来藐视的刘邦的好感却在与日俱增。我也不知道这种改变是从哪一天开始的,我吃惊于这种变化。

在楚汉之争中,刘邦无所不用其极,最终打败了项羽,赢得了天下,其所作所为并无多少值得称道之处。可当了皇帝后,他的治国能力却可圈可点。如他个人没有什么文化,却能尊重文化,并使一个朝代有了文化。刘邦接受文化也是有个过程的。《史记》中说,陆贾经常在刘邦面前说《诗》《书》,刘邦很不耐烦,骂陆贾说:"我的天下是在战马上得来的,你总跟我说那些东西有什么用?"陆贾答道:"马上得来的,还能在马上治理吗?"然后,他列举了夫差、智伯和秦王极武而亡的例子。刘邦听了,"不怿而有惭色"。这一句写得实在是妙。不怿,不高兴。刘邦不高兴了,作为皇帝,他没有杀人,而是"有惭色"。仅这一句,足以说明这个人是能做大事的。果然,刘邦一改常态,"命萧何次律令,韩信申军法,张苍定章程,叔孙通制礼仪,陆贾造《新语》",品学兼优的文人逐渐被晋用,从民间广泛征集被爱书人士冒死藏匿起来的典籍,《诗》《书》等在各地不断地被发现。我们今天能看到诸子百家、"四书五经"等典籍,大都是汉代时整理的。我们还能要求一个帝王怎样呢?设想一下,如果刘邦按着秦始皇焚书坑儒的路子走,那将是件多么可怕的事。如果换作项羽呢,他会像刘邦这么做吗?几乎没有可能。项羽的"彼可取而代之"不过是为了满足个人野心;万人敌就更恐怖了,那是视生命若草芥的杀戮之术;即便是破釜沉舟,也不过是你死我活的匹夫之勇。暴力和杀戮能解决什么问题呢?除了徒增伤痛,其他什么也解决不了。

今天的垓下遗址,和我二十年前第一次来时相比,除了增加了一条商业街、一座霸王别姬的雕像,其他的仍基本保持原貌。雕像颇有创意,两根长剑当空交错,项羽左手抱着自刎的虞姬,右手伸向空中。他至死都不知失败的根源,而是说天亡自己。那只茫然的大手,五指张开,却抓不住任何东西,让人不忍直视。

沱河古称洨水,据专家考证,垓下还是汉朝洨县古城的遗址。

意味深长的是,东汉著名文字学家许慎曾任洨县县令,这里还是他的著书之所。他的《说文解字》保留了上古及中古时期的小篆、籀文、石鼓文等古代文字九千三百五十三个。猜想他当年搜集和解构汉字时,就在这原上徘徊着、寻思着。他和刘邦一样,也在做着拯救工作。一个汉字,就是一个活生生的人,承载着文化的薪火,他到处寻找着,要将四处漂泊的它们一个个地收入书中,安家落户,扎下根来。如此,他才能心安。

秋阳朗照,公路边,家家户户的院子里都摊晒着金黄的玉米粒。玉米吸足了雨水和阳光,饱满、灿烂,像金子一样,有一种炫目的光泽。这才是垓下的常景,它原本就应该是玉米和麦子的家园。历史中,杀伐和暴力实在太多太多了。西风猎猎,我们需要种下一粒玉米,而不是拿起屠刀。

曲终人散,说书人早已走远了。张夫渡口,船来了,从沱河的上游,几个村妇大声说着家常。

作于 2018 年 5 月

秦淮歌女

一说起秦淮歌女,我们就会想到艳绝风尘、侠骨芳心的"秦淮八艳",想起手执团扇,在亡国的风里依然唱着《玉树后庭花》的商女。

秦淮河两岸,在六朝时就是金粉之地,娼妓之盛在明清之时达到鼎盛,其从业人数之多,大概谁也无法统计。明代承袭了唐以来的"官妓"遗风,大肆兴建歌楼妓院,在当时的南京,建有名为"轻烟""梅妍""柳翠"等楼宇一四座,"花月春风一四楼"是也。清余怀在《金陵轶事》一文中引用金陵父老的话云,十里秦淮是"户户皆花,家家是玉,冶游无虚日"。秦淮娼妓中当然也有纯粹卖艺的歌伎,但大多数只是打着歌伎的名号,暗地里从事着肉体交易。通俗文学大师张恨水在《日暮过秦淮》一文中写道:"南京的歌女,是挂上一块艺人的牌子的,她们当然懂得什么是宣传。"可以说,如果没有明清之际包括"秦淮八艳"在内的秦淮歌女,那么,秦淮文化也会大为逊色。

"秦淮八艳"的事迹,最先见于余怀的《板桥杂记》,书中记载了明末清初秦淮河畔六位南曲名妓,分别是顾横波、董小宛、卞玉京、李香君、寇白门和马湘兰。后人又加上柳如是和陈圆圆,凑成"八艳"。"秦淮八艳"让明清之际的江南士子们足足尴尬了一回。在明末天崩地裂的大动荡中,"秦淮八艳"都有着不俗的表现。李香君不屈于马士英、阮大铖的淫威,以头触柱,血溅桃花扇,并与变节的丈夫侯朝宗分道扬镳;董小宛杜鹃啼血,苦口婆心,力劝丈夫冒辟疆不要出仕清廷;"拼得一命酬知己"的柳如是,在清兵兵临城下时拉着钱谦益要共同投水殉国,而钱却畏缩不前、沉默不语……和"秦淮八艳"相比,这一批江南士子显得面目可憎,人格猥琐。当一个朝代行将灭亡的时候,一群弱女子用自己瘦弱的肩膀默默承受着一个时代的雪崩,裙裾飘飘,如玉树临风。

"秦淮八艳"或春花早落,或晚景凄凉:董小宛去世时只有二十八岁,顾横波也只活到四十五岁,柳如是因家难自尽,李香君忧郁而死,卞玉京因伤心失望而遁入空门……妓女社会地位低下,终生难脱乐籍,从良嫁人、相夫教子只是少数幸运儿的际遇。她们中的绝大多数终生过着孤单的生活,一般收养一两个养女授以技艺,以便人老珠黄时有个依靠。"秦淮八艳"中,李香君一生的悲惨遭遇可以说是秦淮歌女命运的缩影。李香君的父亲为武将,后家道败落,十岁时被卖入妓院,由秦淮名妓李贞丽收养。她后来与侯朝宗苦恋四年,互相引为知音。侯朝宗避难出逃后,她经受了一系列苦难,面对阮大铖的逼婚,她以死抗拒,后又被掠入福王后宫,备受屈辱。但李香君一生所受的最大的打击还是侯朝宗的变节。侯朝宗底气不足,最终违背了李香君的意愿,降了清,做了官,又过上了诗酒风流的好日子。对崇尚气节的李香君来说,这种打击是致命的,以致她怒撕与侯的定情之物桃花扇,终生不再见他。有记载说李香君后来在栖霞山出家,忧郁而死。这个结局是可信的,她还能有什么更好的选择呢?对大多数普通歌女而言,她们并没有类似李香君这种传奇式的经历,她们的遭遇和痛楚更带有普遍性。黄裳老人有一篇文章写他在秦淮河畔目睹了秦淮歌女晨练的情景,那可能是民国初年的事情,写的是些很小的女孩子:"这个冬天的早晨,洲边上结了不少冰碴,有几个穿了短短的红绿棉衣的女孩子,伸着生满冻疮的小手,突了冻红的小嘴,在唱着一些不成腔调的京戏。从那些颤抖着的生硬的巧腔,勉强的花哨里,似乎可以听见师父响亮的皮鞭子的声音。"等这些女孩子的花腔唱熟了,就让她们去卖唱,以赚取钱财。黄裳在文章最后感叹说:"这正是一个颇有希望的'行业',让他们的——有许多是买来的——小女儿在这寒冬的早晨到这一湾臭水前面来喊嗓子。"

杜牧诗云:"商女不知亡国恨,隔江犹唱《后庭花》。"语浅意深,对歌女的麻木表露出浓浓的怨恨。实际上,商女是没有什么人身自由的,从小被买来,被教授技艺,被培养成一架美丽的挣钱机器,她们如果不演唱,也许生活顿时就无着——如斯,关注自己究竟置身于哪一个王朝,对她们而言,还有多大意义?谁又曾关注过她们?桃花扇底送南朝,一个朝代往往比一支曲子先行结束。

秦淮河的夜晚,我独自在河边走了许久。那边的餐厅里,就餐者一边就餐,一边欣赏歌舞表演。只是,有秀色佐餐,真的就有了好胃口吗?

我怀念秦淮八艳,更怀念那些远逝的贫穷人家的女儿,她们一个个美丽如花。秦淮的烟波深处,仿佛有美妙的歌声传来,她们在唱,她们把弦索翻了又翻,把凄凉唱了又唱,歌声像落难的雪。

河水远逝,脂粉留香。桨声灯影,书生惆怅。

古秀才走宣州

　　古宣州有九街十八巷,每一条街巷的名字都有古风。其中有一条巷子叫古秀才巷,因旧时附近有府学、县城和试院而得名。想当年,那些身着长衫的秀才,一个个春风满面,怀着经天纬地的雄心,在这里穿行,读着之乎者也。古城外,青山隐隐,芳草连天,一湾溪水静静地流过。天地间一派祥和,都是刚刚好的样子。

　　我被这样的场景感动了。古宣州的主角应该是一群读书人,如谢朓、李白、梅尧臣、施闰章,以及诸多普通的秀才。谢朓和李白的名声太大了,远远盖过了本土诗人梅尧臣和施闰章。宛陵是宣城古名,梅尧臣是宋诗开山鼻祖,时称他为"宛陵先生"。施闰章是清初诗人,人称"施侍读"。其诗直面现实,内容朴实,风格清新,时称"宣城体"。人们用一座城池为一个诗人或一种诗体命名,还有比这更高的荣誉吗?宣州是属于读书人的,属于诗人,以及他们的

"文房四宝"。

我们就是一群来到宣州的古秀才。秀才之心的本色应该是悲悯的,对自然万物、文字和笔墨纸砚,是热爱的、敬畏的,他们是有点酸迂甚至不合时宜的。不然,也不叫秀才了。我们登谢朓楼,上敬亭山,临宛陵湖,访水东古镇,穿泾川,踏歌桃花潭。一路走来,就像走进了一本线装书、一帧古画、一首洋溢着酒香的唐诗里。

敬亭山以前曾来过几次,竟一再错过了石涛纪念馆。冥冥中像是为了弥补前几次的遗憾,这次参观的第一站就是该馆。自幼遭遇家变的石涛出家为僧,清康熙年间,他驻锡于敬亭山广教寺,摹画皖南山水,搜尽奇峰。在这里,他作了一幅自画像《自写种松图小照》。窃以为,看这幅画,要从下往上看。画中的石涛,一袭僧衣画得尤其奇怪,全是一道道的水波纹,像一匝匝的绳子,将自己牢牢捆住了,捆成一匹斑马。哪有这样画衣服的呢?让人惴惴不安。接着是细长的脖子,头部画得极好,清癯、端正、平和,眉眼之间云淡风轻。几绺山羊须,历历可数。眼睛略有点眯,他是不想看见更多的。这样周正的面部和清脱的气质才让人松了一口气。画中的石涛,给人的感觉不像一个和尚,倒像一个书生。画上有他的自题诗,其中有句:"夜来曾入定,岁久或闻钟。且自偕兄隐,栖栖学种松。"在敬亭山的石涛,经常参加采茶、种松等体力活,是谓农禅。石涛居敬亭山十余年,想来应种松无数,这满山的松树,哪一棵曾是他亲手所植呢?难怪敬亭山的松树一个个都像老僧入定。

水东是水阳江边的一座古镇,史上是繁华一时的码头。老街古迹遍布,如十八踏御井、五道井、大夫第、当铺街、花戏楼等等,这些都是当年繁华的见证。然而水东给我印象最深的还是枣。枣是水东特产。我的眼前马上出现了这样一幅画面：一棵枝繁叶茂的枣树下，一个留着桃子头的小男孩，手持着一根长竹竿，正在使出吃奶的力气打着枣。有一颗枣子正落在他的头上，发出砰的闷响，他皱着眉，伸手使劲地揉着。小男孩长大后，就常在枣树下读书，读得字里行间都有了枣的清香，那诗文也变得甜滋滋的。及至离开家乡，到外地求学或为官，我想他也会带上一包家乡的蜜枣。那种浸润心头的甜，能抵世间百般的苦。

有一晚，夜宿板桥村的一家茶园民宿。皖南许多古村落的名字，极富有诗情画意。非常喜欢"板桥"这个名字，让人想起郑板桥，想起竹影婆娑，想起"人迹板桥霜"。下半夜，我早早地就醒了，再也睡不着。听见鸡叫过三遍，天亮了。晨起开门，晨岚扑面而来，给我一个熊抱。溪流淙淙，循声来到溪边，只见满河滩浑圆的卵石，我挑了一块带波纹的。许是流水留下的记号，许是古木的年轮，这些都不重要了。我想将它摆在书房内，纪念曾经历过的板桥一夜。残月在天，霜迹无痕，踏上板桥，我就是那个最早离开的人。

青龙湾落羽杉湿地公园像一帧绚丽的巨幅山水画。青山巍巍，一湾绿水缓缓东去，两岸是火红的落羽杉林。此时，要是乘一叶小舟，任它漂浮水面，流连于红杉林间，那是再美妙不过的事了。不过，站在观景台上，面对如此壮观的人间奇景，夫复何求呢？独对河山，纵然人声喧哗，吾心却苍凉似水。网上有一个热词叫"美哭了"。人在面对美景时，为什么会有要哭的感觉呢？由于种种原因，像生命里那些美好的东西一样，美景向来不可多得，十分难得，且难以再得,这怎不叫人有喜极而泣的感觉呢?

进入泾川,迎接我们的,是一片接着一片的青檀林。青檀是宣纸的主要原料。青檀要三年乃成,剥皮、蒸煮、摊晒,摊晒阶段耗时最长,历时八九个月甚至年余,日晒雨淋,自然漂白;然后碓皮、切皮、踏料、捞纸、晒纸等等,诸多程序,缺一不可。一张宣纸的诞生,千锤百炼,历尽磨难,旷日持久,它的前生不堪回望。纸是山川灵气、日月精华和人的智慧凝聚而成的。一张宣纸摆到我们面前,那是一种让人怦然心动的白。此时,它不仅仅是一张纸,还是知音,记录你的心迹;是山林,收留隐士;是茫茫天涯路,迎纳疲倦的归人。

古秀才走宣州,一路上指指点点,不亦乐乎。何立伟先生走进一户农家,见其室干净整洁,农具等排列有序,感叹说干净比富贵好;苏北在见到青龙湾火红的落羽杉时,大叫一声"我的妈耶";张扬在面对宛陵湖飘飞的芦苇时说"几度泫然";胡竹峰在颠簸的车上说,这个世上没有几个职业比做文人更快乐。嘿嘿,真是书生之见,书生情怀,书生本色。

秀才之心,是草木之心,是天地良心。世有秀才,幸甚至哉。

莼鲈之思

到江南水乡古镇周庄,最好的方式是坐船。可惜,现代人大都没有那份耐心了。我也是乘车去的,我来看望一个人,一个古人,他叫张翰。我当然无法见着他,但我相信能感受到他的心跳和存在。

进入周庄,踏着长长的石板路,走街串巷,急切地寻找着张翰故居。此前看过一篇文章,说周庄的张翰故居尚存。周庄的导游图上并没有标明故居的具体地点,也不在图上被介绍的主要景点之内。沿途问了许多本地人,都说不清楚,只是让我去南湖园看看。

张翰,字季鹰,西晋文学家,世居周庄镇南。《晋书·张翰传》载:"翰因见秋风起,乃思吴中菰菜、莼羹、鲈鱼脍,曰:'人生贵得适志,何能羁宦数千里以要名爵乎?'遂命驾而归。"又慨叹说:"使吾有身后名，不如即时一杯酒。"这个典故，就是后来成了千里思乡代名词的"莼鲈之思"。

在南湖园游览许久，发现这里大多是新建的房子，古色古香，当然是仿古。与真正的古建相比，它们似乎缺少点什么。最终，我还是没能找到张翰故居。先生故居遍觅不得，也在情理之中。张翰从洛阳辞官归来，过的是百姓生活，住的肯定也是普通民居，不会有周庄内沈厅、张厅那般豪华与精致，说不定先生的故居早已消失在历史的烟云之中。南湖园原名张矢鱼湖，先生归乡后常到这里垂钓游玩，现已成为周庄一个著名的景点，连名字都改了。园内分春、夏、秋、冬四个景区，装点极盛，其中思鲈堂和季鹰斋专为纪念先生而建造。当年，这里是潇潇野水，茂林修竹，一派天然野趣。先生泛舟湖上，或悠然垂钓，或举觞邀月，或迎风吟咏，成了一个真正的隐士。

沿湖而行，我感觉到一种与先生从未有过的亲近。实际上，先生辞官不做，另有隐情。晋惠帝永宁元年（301），先生任大司马东曹掾之职。当时，朝中南北政治势力之争愈演愈烈，先生为避免深陷封建政治旋涡，遭不测之灾，遂以思乡为由，挂冠而去。旧时官员辞官，一般称病，而先生的莼鲈之思，别出机杼，堪称绝唱。据周庄镇志载，张翰自洛阳归来后，建别业于枫里桥，朝暮往返，觞咏其间。归乡生活就是如此简单，既然不能跃马扬鞭建功立业，就保持内心一份灵性的自由吧，保持清风朗月般的自在与洒脱。

南方的湖沼堰塘均产莼菜，吴中莼菜，其味尤美。莼菜也不过是江南水乡一种普通的野菜而已；即使是鲈鱼吧，尽管肉质鲜美，我想可能比水乡的白蚬、银鱼、鳗鲡等水产品也强不到哪里去。莼鲈之美,关键是食者的心态。今天,周庄许多饭店的菜谱中就有莼菜鲈鱼这一道。可是,还有多少人能吃出千里之思的美味来?没有羁宦天涯的飘零,没有身心俱累的疲惫,没有那种命系一发的危机,你也敢去尝莼鲈之美?只是尝了也就尝了,会觉得没甚滋味,盛名难副,不过尔尔。

先生的莼鲈之思已成千古佳话。莼鲈之思,就是故乡之思,是对平静、安详生活的向往。想先生归来,闲坐厅堂,品阿婆茶,观市井之喧,真乃人生快意。先生一定还喜欢听雨吧,常常是小楼听雨至夜深、至忘我,然后一宿无梦。清晨乍醒,已有村姑操着吴侬软语沿街叫卖河鲜,那声音像刚起泥的嫩藕。先生赶紧起而购之,而且一定有过足不裹履之急。这是一种琐碎生活,这生活是衣食住行,是喜怒哀乐,是自己。

翻开有关记载,先生的遗作只有寥寥十数篇,可惜仅这十数篇我也无缘一睹。我想先生平生著述肯定远不止此。先生吟诗著文,只是自得其乐,并不想让它们流传于世,遂将它们一同带走了吧。一千多年过去了,先生的淡泊情怀仍如水盈盈萦绕在我心头。

元代江南文人韩奕,曾写诗嘲笑张翰不懂食莼之法,诗云:"采莼春浦作羹尝,玉滑丝柔带露香。却笑张翰未知味,秋风起后却思乡。"在韩奕的眼里,食莼应在春季,张翰在秋风起时思莼,是"未知味"。然而,谁才是真的"未知味"呢?莼鲈之思,那是水磨米粉的味道,阿婆茶和老卤臭干的味道,故乡的味道。那味道也许平淡如水,却拥有幸福的真谛。

莼鲈之思,知味与未知味,其间隔着茫茫的烟云,不可同日而语。

地·光荣与梦想

地之梦

几千年来,要说中国百姓有一个什么共同梦想的话,这个梦想只能是一个字:地。

普天之下,莫非王土。这是《诗经》里的话,说得多么霸道、残酷而无情。你一生下来,命运就已经注定了。百分之九十九点九以上的人都是庶民,这就是真相。贫无立锥之地,你此生就是漂泊无依的命。连对应物都给你找好了,身如柳絮,心似浮萍,飞蓬各自远,诸如此类,都是没有根的劳什子。

一亩三分地。地是命,命是地。

大风,天昏地暗,飞沙走石。淮河像一条粗壮而愤怒的绳索,死死地勒住了大地的脖子。地养人，地也杀人。人要惜地，人更要敬地，可惜这道理许多人不明白。人折腾人，人折腾地，五谷死了，地气息奄奄。赤地千里，饿殍遍野。万木呼啸，细细听那声音，依稀是饿啊，饿啊。风中，陈胜吴广斩木为兵，揭竿为旗，一群饿疯了的穷兵直捣咸阳，他们豁出性命只为验证一个疑问：王侯将相宁有种乎？风中，三天没有吃饭的朱重八毅然脱掉僧衣，瞪着血红的眼睛，走出皇觉寺，拉起了一支衣衫褴褛的队伍。

地是江山，地是社稷。历代王朝都将土地问题列为头等大事。西周开井田，田地纵横，沃野千里，可庶民只有终日劳碌的命。商鞅废井田开阡陌，土地可以私有，自由买卖。看似公平，可作为一个庶民，终生劳累也换不来一亩三分地。接着，一个好听的口号来了——均田制，实际上并不均，不过是将无主荒田划给小农耕作，亮点是附在地上的租徭役。穷人出身的朱元璋知道富人隐匿土地，下旨编制鱼鳞图册，目的还是税赋。张居正制定"一条鞭法"，量地计丁，丁六粮四也好，丁四粮六也罢，地与丁皆不可逃。清代摊丁入亩，地丁合一，认地不认人，小民乖乖纳粮。

风中的草屋

幸好，世间总有不信命的人。

来到小岗村，不能不去看一看那座进入历史深处的草房子。它就位于公路边上。四十年前，厚厚的一部中国改革史，就是从这里，从一张纸开始的。

1978年12月,一个月黑风高的晚上,凤阳县小岗村十八户农民,冒着危险,在村民严立华家一盏昏暗的煤油灯下,签下了一张生死契约。这份契约,后来被称为"大包干"协议。没想到,此举无意间揭开了中国改革开放的序幕。

这是一群改写自己并改写了中国农民命运的人。这一壮举为什么会发生在凤阳,是值得深入研究的课题。我们见到了当年大包干十八名发起人之一严金昌,在他家的土菜馆里吃午餐,我和他拍了张合影。严老今年七十五岁,满面红光,笑容可掬,再没有了当年的菜色和阴郁。我想顺着他的皱纹和白发,走回到四十年前,去感受一个穷途末路的农民的绝地反击。严金昌,名字取得很好,又是金,又是昌,富贵昌盛。可名字并不能改变什么,他并非王侯,仍是一个穷命。

我们在他家的土菜馆门前聊了起来。我说:"严老,你当年要过饭吗?"他说:"怎么没要过?"我说:"要过多少年呢?"他说:"从小就要,年年要,一直要到大包干那年为止。"我说:"村里要饭的百姓多吗?"他说:"多,家家要饭,不要饭就没有活路。我们凤阳既怕旱,又怕涝,十年九灾。小岗生产队有八百亩地,二十来户人家,一百一十五口人,养不活,每年秋收后出门。"我又问:"都跑哪些地方呢?"他说:"湖北、江苏、河南,到处跑。"

我们来到村民严立华家,参观当年十八户农民签下大包干责任状的草屋。这样简陋的草房子现在是难得一见了。屋里摆着土瓮、鱼罩、悠子、水车等当年的生产生活用具。在西房,放着一张低矮的小桌子,他们当年就是围在这样一张桌子旁,摁下了手印,改写了命运。这些在十年九荒的自然灾害和随后的岁月中锻打出来的汉子，人人身上有一种钢铁般的顽强。站在草屋里，光线昏暗，我有一种走入历史深处的错觉。那些鲜红的螺纹，像血，艳得令人触目惊心，昭示着昨天的艰难和不屈。今天，严金昌们终于不再挨饿了，不再贫穷了，扬眉吐气了。

在严立华家的院子里，我们欣赏到了一场原生态的凤阳花鼓表演。表演者是两位年过七旬的老妇，是姑嫂俩，这也是昔日凤阳人出门乞食的经典搭档。她们的衣着基本一样，头上包着一条洗得干干净净的毛巾，上身穿着一件交领右衽盘扣的白褂子，下身是黑色的灯笼裤，黑方口布鞋。全身黑白分明，给人清清爽爽的感觉。姑嫂俩一人持锣，一人敲着凤阳花鼓。她们毫不避讳唱的是什么，说就是当年要饭时唱的歌。我还记得其中一首歌名，叫作《走进门就唱歌》。走四方谋生，为了取悦他人，总是要有一些技艺的，唱歌就是最简便的方式。演唱时自然少不了道具，于是，凤阳花鼓、钱杆子等应运而生，其中以凤阳花鼓最为流行，成了凤阳的代名词。与他县相比，凤阳的民歌相当丰富，自古流传的、自编自唱的、即兴发挥的，海一般宏阔。要了解旧时淮河两岸百姓的真实生活，听一听凤阳民歌就够了。

两位老人认认真真地表演着，一腔一调、一招一式地演绎给我们看，她们当年就是这样走过千山万水和无数村落的。她们的身后，就是那间在里面签下大包干协议的草房子。

大风呼啸，离离原上草，一岁一枯荣。虽然苦些、难些，九死一生，但好歹活了过来。庶民之命，大抵如此。

东陵与小岗

如今的农村,空巢化越来越严重。而东陵和小岗,却给我们提供了一个可喜的新农村样本。

东陵村位于凤阳县城西南,北与全国重点文物保护单位明皇陵仅一墙之隔。走进东陵,空气里飘荡着瓜果的清香。合作社的桌上摆着几盆紫色的新鲜葡萄,年届七旬的合作社理事长招呼大家品尝。东陵的葡萄真甜,大家称赞不已。地里,什么连栋大棚、钢架大棚,一座连着一座,一个现代新型农业产业园初步形成。东陵充分发挥毗邻明皇陵的区位优势,发展乡村旅游,举办桃花文化旅游节、采摘节等节庆活动。村里每年还举办庆新春文艺演出。劳碌了一年的村民,到了年终,活色生香地将自己打扮起来,自编自演,以自己的方式迎接新的一年。东陵的日子,桃花一般灿烂。

小岗村更让我们看到了现代农业的成功实践和希望。那种面朝黄土背朝天、日出而作日落而息的传统劳作模式真的不行了。在小岗的田野里,建有国家重点农业实验室,一批国家和省级重大项目、重点课题得到实施。现代科技为传统农业插上了翅膀。冒着小雨,我们在小岗村生态农业示范和试验基地里参观,单季晚稻正在吐穗扬花。乡村振兴,需要新型农民。在今天,谁还愿意去当农民呢?传统农业的机遇和希望又在哪里?小岗的成功实践让我们看到了现代农业的魅力。

《汉书》中说,"农,天下之大本也"。在今天,一个"农"字如何书写？生活在钢筋水泥的城里，我的脑中常常幻化出这样一幅农耕图：老农扶犁而行，一路吆喝着，声音里透着春播的喜悦。牛犊不时地使着小脾气，老农的牛鞭不时地在它眼前晃上几晃，终究是舍不得落下的。犁铧劈波斩浪，新翻的泥土引来了一群觅食的雀子，叽叽喳喳的。麻沤在池塘里，水面上挤满了泡泡，搓底索用的麻瓦擦得锃亮锃亮的，晾在屋檐下。塘埂上，几位穿着布衣长裙的女子一边采桑，一边嘻嘻哈哈地说着闺中秘事……

我们终究会回到这样的场景里去的，只不过以不同的方式而已。

燕燕于飞

大别山中,群峰之上,有一座金色的寨子,名叫金寨。

清晨,云雾缭绕,群山隐约,恍若仙境。灰黑的门轴在石头上转动,吱呀一声寨门打开,放出牛羊,放出满天的朝霞,放出春夏秋冬。那些《诗经》里的植物,活得自在、葳蕤而长久。在茶铺,老橡栗树下,一把芭蕉扇,摇走了一个又一个日子,摇走了唐宋元明清。羊肠般崎岖的小道上,走过蓑衣芒鞋的僧侣,走过行色匆匆的山民,走过一支支扎着绑腿的队伍。那些苍褐色的山岩,像一页一页的羊皮书,厚重而古老,记载着世代相传的大别山传奇。

燕燕于飞,御风而行。跟随一只燕子,我们走进位于金寨县的燕子河大峡谷。

大别山横跨鄂、豫、皖三省,有成千上万座山峰。有峰则有谷,那么,它该有多少条峡谷呢?燕子河大峡谷应该算是其中最神奇的一条了。走进谷口,乱石狰狞,重重叠叠,铺满了河床,我被深深地震撼了。避雨石、蘑菇石、千层石……不计其数,千奇百怪,姿态万千。这些乱石,当初,它们都曾位于哪座山峰之上?它们也曾屹立于天地之间,也曾俯视过众生,傲视过苍天。如今,它们静静地卧于谷底,像一个个隐士。燕子河大峡谷的每一块石头都是有秘密的,它们都有过传奇般的昨天。流水就像一个温柔而固执的情人,经过千万年持续不断的冲刷,石头内部的纹理显现,它们终于打开了内心的画卷。这就是我们今天看到的石头上类似于"岩画"的纹理图案。

每一块石头上都有一幅岩画。这是一个梦幻般的石头王国,石头上,那些起舞飞扬的石纹,像丝绸,像花瓣,像流水,像飞天……或者,什么都不像,它们就是石头本身。地质专家解释说,这些岩画是地质上的褶曲现象,是挤压、变形和变质后形成的,那些纹理是黑色矿物和白色矿物相间分布形成的,有的是后期沿着节理填充新的矿物而形成的。

这是科学的解释,理性而平和。可我相信还有另外一种诠释。挤压、变形和变质,当初,它们经过怎样的造山运动,怎样的天崩地裂,怎样的挣扎和抗争,然后,偃旗息鼓,马放南山,安安静静地躺在了谷底,过起了与流水、游鱼、苍苔为伍的平民生活。每一块石头都有过沧海桑田。

大峡谷的深处,有一座巨大的天坑。在去天坑的路上,流泉飞瀑,响彻谷间,耳际全是哗哗的流水声。向深处行进,空气的湿度明显增加,寒意也愈加彻骨。经过一道又一道飞瀑,终于到达了天坑。气氛陡然紧张起来,刚才的低吟浅唱烟消云散。我们站立的位置,恰巧就是坑底。举首望天,天空像一口破碗,三面陡峭的绝壁,围成一个巨大的椭圆形深坑,深两三百米。我们都在深渊里,我们被山包围了,无处可去,绝壁好像随时要倾压过来,那种紧张和压抑感,让人血脉偾张。一道飞瀑,像一支利箭,由九天破空而来,夹裹着风声,从正面绝壁顶上冲天而下,直射坑底。再看绝壁之上,如刀砍斧削,满目疮痍,像一个历尽沧桑的男人的胸膛,让人不忍久视。

我们落荒而逃。每一个进过天坑的人都被大山打败过一次。

虚怀若谷。谷像一个人,像一位胸怀豁达洞明世事的智者,它容纳一切,包容一切。燕子河和它附近的大堂寨一带,被称作"华东最后一片原始森林"。大峡谷里,万物生长,植被繁密,奇花异草,生机蓬勃。这里生长着许许多多见于《诗经》和《本草纲目》中的植物。谷中有一种名叫玉簪的花,洁白如玉,花香淡雅,因花形酷似古代女子的玉簪而得名。《本草纲目》中说,"玉簪处处人家栽为花草……未开时,正如白玉搔头簪形"。想象一位山里的女子,戴着这样一枝玉簪花,有一句没一句地哼着山歌,朴素、美好,她走在回家的山道上,像一朵行走的野花,连日子也杳气四溢起来。

大别山的花花草草都是有历史的,有传奇的,就像随处可见的败酱,当地人俗称"将军菜",它曾喂养过一个革命时代。还有像天坑边一种名叫橐吾的野花。橐吾,这名字多好,有古意,有雅趣,像一个高士,在大峡谷里餐风饮露,坚守着自我。

我在一条飞瀑旁邂逅了两只燕子。当时,它们在溪水边专注地忙碌着,并不理会我们这些山外来客。谁家新燕啄春泥?和泥、衔泥,循环往复,不辞劳苦,将爱筑成爱巢,让时间变成空间,它们是一群爱的生灵。

燕燕于飞。燕子在山谷中飞着,在石头上飞着,在风中飞着。它们不知道《诗经》,不知道王谢堂前,也不知道杜甫的草堂,它们只知道飞翔,只知道过着自己的小日子,在春天里打开自己,把身影融入年年的新绿。

晚上,我们就宿在谷中,与那些树、那些鸟一起呼吸。在大山深处,在燕子河畔,我们把自己睡成了一棵树、一只鸟。水流的声音、燕子的声音、树和山岚的声音、春宴的声音,所有的声音,在大别山富含植物清香的空气中飞翔着。我们的耳朵里贮满了清水和月光。

我们也成了一群燕子,一群春天里欢快的音符,在这万古亘长的谷里。

凤凰之夜

地处湘西的凤凰,被法国作家路易·艾黎称为中国最美的两个小城之一。凤凰真正吸引我的,是沈从文笔下神秘的"湘西世界"。一直想做一名浪迹天涯的旅者,终于选择了一个长假,独自一个人去看凤凰。

到达凤凰的时候,我特地在沱江边选了一家临江小旅馆,名叫木板桥客栈。客栈的下面,就是长长的过江木板桥。我很喜欢这古典的名字。凤凰的魅力全在沱江景区,住在江边,即使不出门,也可以尽情饱览凤凰的风景。

在古城游览了一下午,天很快就黑了。匆匆吃过晚饭,我坐上电瓶车去天下凤凰大酒店看篝火晚会。在凤凰,举办篝火晚会的地方有好几处,我早就仔细打听好了,天下凤凰大酒店举办的晚会档次较高,演员都是来自凤凰县里的专业演出团队。

晚会的地点在一处山坳里,舞台背景就是茂盛的山林。演出开始了,几个苗家小伙手持火把点燃了舞台中央摆放着的一大堆木柴。篝火噼噼啪啪地燃烧了起来,掌声、欢呼声、尖叫声响了起来,一直延续到晚会终场。整场演出洋溢着浓郁的湘西地方特色。有热情奔放的苗家歌舞,引起一阵阵惊恐尖叫的赶尸表演,湘西婚俗表演簸新娘、哭嫁及苗家青年男女赶边边场的对歌,有根据沈从文小说改编的小戏《苗女萧萧》,有吞火、上刀山等湘西民间特技。晚会结束时,主持人热情地邀请现场观众围着篝火跳起圈舞。观众的激情仿佛都被场中的篝火所点燃,一个个不由自主地加入了舞蹈团队,手拉着手,快乐地跳了起来,成为湘西山水中的快乐天使。

来到虹桥,才发现夜色中的凤凰如诗如画,格外美丽。华灯绽放,灯火通明。沱江两岸青山隐隐,夜色中的古城更多了几分安详和幽深。江两边的吊脚楼上,一排排的红灯笼早已亮了起来,红色的光晕倒映在水中。江边有许多间精致的酒吧。在凤凰,坐在酒吧外面的人总是比里面的人多。临江放一张矮几,几只蒲团,坐上去,懒懒的,随意的,临风饮酒、放歌。晚风中飘荡着啤酒的芳香。江面上的游船并不比白天的少,那些泛舟沱江的人,正在领略夜游的魅力。夜游的船上一律挂着数盏红灯笼,萤火般星星点点。那些船,仿佛正随风漂向梦的归处。

比之于白天,夜晚的沱江,更多了一份深沉和幽暗。江水从脚下流过,向远方的茶峒流去。茶峒是沈从文小说《边城》中故事的发生地。那个美丽而率真的翠翠呢?此时,她也许正坐在沿江哪座吊脚楼的窗子边,望着眼前默默的江水,想着她小小的心事,幸福而忧伤。

湘西的水,是造就水手和硬汉子的水。湘西的江河,是盛产神话和传奇的江河。沈从文说,"水和我的生命不可分""水的性格似乎特别脆弱,且极容易就范。其实则柔弱中有强韧"。艺术大师黄永玉在故乡的画室夺翠楼也就在沱江畔。我十分喜欢先生笔下的荷——风荷、乱荷、狂荷,先生那种大写意的恣睢挥洒,是纸上汹涌的浪,它来自故乡的沱江。

湘西的水,是湘西人的灵魂。它是柔情的、坚韧的,同时又是野性的,充满激情和活力,带着湘西的气息闯荡天下。

在江畔,卖河灯的人特别多。现扎现卖,将各色的纸扎成莲花瓣的形状,上面安上一小支蜡烛,一盏河灯就制成了。有的河灯特别大,上面有十几盏小河灯,看起来很是壮观。形态各异的河灯差不多将江边的石板路都铺满了。放河灯的人,先点燃里面的蜡烛,然后将灯放在水上,让它漂向远方。在河灯慢慢漂走的时候,闭上眼睛许个心愿,据说很灵。一盏又一盏河灯带着愿望出发了。放河灯的大多是年轻的情侣,他们忙着买灯、点灯、放灯、许愿,烛影摇红,人面桃花,恍在梦中。再看江面上,烛火点点,一直延伸到远方,真有一种疑是银河落九天的感觉。

一个人的凤凰之夜。我久久地坐在江边,望着夜色中的凤凰,眼前的这份热闹和繁华,让我的心头有了一份暖暖的感动,让人如释重负。

难忘凤凰之夜。那历尽风雨沧桑灰暗的吊脚楼,悠悠远去的江水,江面上袅袅回荡的苗家女孩的歌声,那随处可见的仿佛用月光洗过的银饰,那跳岩、那船、那水车……你的心情像一盏河灯,随江水漂向远方。

晚风中,感觉很美,很舒心,真的有一种心灵的静谧。

你抵达的是灵魂的故乡。

快乐德夯

　　离开凤凰时是一个早晨,晨霭中的古城愈加美丽。早晨的凤凰是安静的,只有清越的江水声和岸边苗家妇女洗衣的棒槌声。不时有背着背篓的苗家妇人从跳岩上走过。此时,我的心情真是复杂极了,真的不忍离去。最后看一眼凤凰,狠狠心离开。凤凰,它属于每一个来过这里的自由的灵魂。

　　打算去一趟德夯。在苗语里,德夯意为"美丽的大峡谷"。来湘西前看过不少关于德夯苗寨的资料,很想到那里去看一看。

　　踏上了去德夯的中巴,售票员是一个胖乎乎的女孩,我和她聊起了关于德夯的情况。她自称是土家族人,说德夯是远近闻名的鼓乡,三岁的小孩都会打鼓。鼓乡,是我对德夯的第一印象。

　　车程大概一个多小时,一路都是下坡。显然,我们是在前往峡谷的深处。当两边的高山、断崖和耸立的石壁越来越险峻的时候,我知道德夯到了。

峡谷深处是一座巨大的村落,近了才知道是德夯民族风情园,可惜是新建的。园内到处是大大小小的鼓,游客可以拿起鼓槌,随意地敲几下,非常有趣。来之前,我的预想中,德夯苗寨应该是座原始风貌的村寨。风情园中也有苗寨,但都是新建的。同行的游人中,也有游客向当地人打听原始苗寨。回答说,在山中。可一看那耸入云天的高山,没有人敢斗胆一试。

在离风情园不远处的山坡上,散落地分布着一些苗寨,就像我在安徽岳西大山里看过的山民的房子,原始、古朴、简陋。苗寨的主要建筑材料是木材,时间久了,自然就成了灰黑色。返程时,汽车穿行在湘西的大山里,可以不时地看见原始的苗寨,总算了却了心愿。

不过,在德夯,真正的收获还是有的,那就是两个字:快乐。

风情园的入口处,有一座门楼,上写四个大字:天下鼓乡。德夯是苗鼓之乡,男女老少皆爱"跳鼓",边舞边鼓。这里曾出过三代苗鼓王,而且第三代鼓王还是一位年轻的苗家女孩。在德夯风情园里所见皆是鼓,耳中皆是鼓声。苗族是一个热爱生活的民族,人人能歌善舞,歌舞沉酣,"乃不知有汉,无论魏晋"。年轻人更是以歌为媒,以歌恋爱。

苗家待客也是最真诚的,有拦门酒等许多古老的习俗。果然,刚进园的一大群游客,在一个门前被几名苗家少女拦住了,要对歌,对上了才让进下一道门。于是说的唱的嘻嘻哈哈不亦乐乎,最后幸亏一个妇人解了围,放歌一曲,几名苗家女孩才让大家进了门。

接下来在园内参观,风情园很大,似乎没有边界,边界大概就是那些远处的山吧。接下来看表演。鼓舞,真正的德夯鼓舞。鼓声激越,红绸飞舞,少女轻盈的舞姿像风中的纤柳。最后,第三代鼓王上场了,一阵狂风暴雨似的击打让你血脉偾张,心潮激荡。

苗家有在客人脸上揩锅底灰表示祝福的习俗。场上有一堆篝火,黑灰多的是。接下来是婚俗表演,主持人最后邀请所有观众一同参加圈舞,亲身体验一下苗家祝福的习俗,向最亲密的人脸上揩黑灰。于是,场上乱成一团,欢笑声、尖叫声,响绝山谷。

出风情园的时候,有一座桥,就是那种普通的拱桥,唯一特别的是桥的名字:都乐桥。旁边有一块碑,上面有一段文字,我一字不漏地抄了下来:

> 都乐桥,都乐者,湘西苗乡趣俗也。每逢椎牛祭祖前,苗族男女会聚于庭,打闹嬉戏,女子择意中者揩锅底灰涂其脸,或抛糯米粑。狂欢达旦,不知老幼,无谓男女。今修德夯民族风情园,筑石桥于姊妹峰下,思天下皆乐之愿,取名都乐桥也。

你看,当快乐成为一种习俗,成为每天的习惯时,你还有什么不开心的呢?

在德夯,我最大的收获就是:快乐,并与他人分享。

机器人手捧桃花

在去桃花镇之前,有些望文生义,在头脑中描绘出一幅桃之夭夭,灼灼其华的桃花源图。在参观桃花镇之后,我的猜想被彻底颠覆了,我仿佛看见,一位机器人手捧着一束艳丽的桃花,迎着朝阳向我走来。这就是肥西县桃花镇给我的印象。它是现代的、科技的,却又不乏古典梦想。

如我,一个保留着浓厚农耕时代记忆的人,走进今天的桃花镇,你的感官是要接受挑战的。你能否接受给你献花的是一位将科技武装到牙齿的机器人,而不是一位身着裙裾,衣袂飘飘的古代仕女?不管你愿不愿意,也不管你接受与否,他(她)毕竟在向我们走来。时代在变,生活在变,许多变化是不以人的意志为转移的。我们要做的,就是以人类的微笑迎接这个不知来自何方的陌生来客,并主动握起他(她)的手说:"朋友,你好!"

以前的桃花镇肯定是有桃花的。改革开放以后,桃花镇依托毗邻合肥的区位优势,依托省城科研院所、开发区和高新区的科技优势,从一个传统的农业大镇向一个现代化的工业强镇转变,一步一步地打造属于自己的工业梦想。这个过程是艰难的,蜕变是痛苦的。经过数十年如一日的努力,桃花镇终于化茧成蝶,成功地实现了转型。如今,桃花镇又开始了新的科技征程,正在全力打造全国知名的科创特色小镇,由传统制造向智能制造转变,实施机器换人和智能升级,以主人翁和先行者的姿态,全面融入智能时代的大潮之中。

我们参观了三家有代表性的企业,生产应用于轨道交通的无油涡旋空压机的义坚精密机械,生产智能色选设备的中科光电,以及生产汽配和车载压力容器的安徽方圆。三家都是高科技企业,产品也和我们的生活密切相关。三家企业就有两家已经在生产中采用了机器人。在听到的介绍中,频频使用的,都是"全国首创""国际领先"之类的字眼。历史上,很长时间,我们是落后的、被动的。可是,不知从什么时候开始,我们已经走在了别人的前面,开始让对手着急和恐慌了。这种变化是突然性的,就像我们发现机器人突然出现在我们身边,走进了我们的生活里一样。

机器人时代来了,我们可能一时还不能适应。几年前,中科大制造的最佳美女机器人佳佳惊艳亮相于世人面前。佳佳貌美肤白,温婉机智,几可乱真。我想,人们在第一次看见佳佳时,内心都会产生一个共同的疑问,这真的是机器人吗?然而,她又的确是真的。随着智能时代的到来,未来究竟会变成什么样子?我们的生活会发生哪些变化？这些目前都还无法揣测。很多变化是发生在一夜之间的，让人猝不及防。我们大可不必惊慌，在机器人时代，我们会丢失一些传统的东西，这是无疑的，但我们会收获更多。科技在人类面前打开了另一幅蓝图，只会让人类生活得更加美好，更具品位。

  文学又如何面对正在到来的科技巨变呢？科技带来的变化，科技展示的力量让我们瞠目结舌，有一种无所适从之感。文学与科技，就像一根竹简与一块芯片。一个是直观的，一个是内在的；一个是简单的，一个是繁复的，没有孰好孰坏，孰优孰劣。我们既需要芯片，也需要竹简。文学，大约就是要留住科技时代的一枚竹简或一个梦想吧。文学要挽留和突出的，恰恰是科技抛弃和无视的部分。就像木心在《从前慢》一诗中写到的，"从前的日色变得慢/车，马，邮件都慢/一生只够爱一个人"。文学就是要留住灰黑竹简里的从前。从前桃花灿烂，绿草如茵，赶考的书生胸怀兼济天下的梦想；从前山寒水瘦，草木萧疏，落拓的隐士在南山种菊。我们需要从前。

  所以，当你看见一位机器人手捧着一束桃花向你走来的时候，勇敢地去迎接他（她）吧。如果可能，我们可以和他（她）说说从前，说说从前慢时代的故事，说说桃花的前世今生。我们已经开启了一种全新的生活模式，这种模式是人类历史上从未经历过的，有困惑与失落，但更多的是惊喜和快乐。桃花依旧灿烂，桃花永远灿烂，我们追求幸福的脚步从未停止。

从石牌到韩家潭

徽班是清代的一群"北漂",他们从安徽石牌出发,终点是北京韩家潭。

清乾隆五十五年(1790),为庆贺高宗弘历八十寿辰,闽浙总督伍拉纳推荐以高朗亭为台柱的三庆班进京贺寿献艺。三庆班原本只是为贺寿而来,可到了京城之后,他们发现徽戏大受欢迎,就不想走了。万寿节结束后,三庆班正式进入京城各大戏园演出。率先进京的三庆班住地位于韩家潭胡同,这里是徽班进京后的第一站。老北京有一句俗话,叫唱戏的不离百顺韩家潭,就是指这一带胡同是伶人的集中居住地。韩家潭所在的位置,明朝时曾有一处大水潭,是一户韩姓人家的园子,因而得名。冥冥中自有天意,徽班到京师本就是蹚浑水来的。

三庆班的成功起到了良好的示范带动作用。此后,又有四喜、启秀、霓翠、春台、和春等多家徽班相继进京。在演出过程中,这些徽班逐渐整合为三庆、四喜、春台和和春四大徽班,三庆班被称为"京都第一"。四大徽班不仅顺利地在京城扎下了根,而且成就了京剧艺术。"徽班进京"因而被视为京剧诞生的前奏,在京剧发展史上有着重要意义。

历史只记录了他们的成功和荣耀,可徽班进京之后到底发生了什么,无论是戏曲史,还是当时文人留下来的资料,关于这方面的记录可谓少之又少。四大徽班规模庞大,每班不下百人,伶人总数有四五百。这么多人,不要说做一番事业,就算在京城能生存下去已属不易。京城是各种人才扎堆的地方,徽班没有任何背景,岂是想留就能留得下的?他们如何在京城立足?又有过哪些不平常的经历和遭遇?这是埋藏在历史深处的谜。

史实空缺的地方,恰恰为文学的成长提供了巨大的空间。《大徽班》试图将笔触伸进这群"北漂"的内心,解读以高朗亭为代表的一代徽伶,在京城这方大戏台上的挣扎、奋斗和追求。

"扎根"是空前艰难的。至少有两件事可以说明徽班进京之后所面临的艰难环境和残酷竞争。

第一件事是川中名伶魏长生和他的秦腔班败退京城梨园。北京在中国戏曲发展史上有着特殊地位,是戏曲的争胜之地和戏曲兴衰的竞技场。明清时期,京师梨园界多次爆发"花雅之争"。雅指昆曲,花指花部乱弹,即昆曲之外的各种地方戏。戏曲史上,花雅二部在京师主要进行了三次大的交锋。最先是昆曲与京腔之争。明万历时期,江西弋阳腔进入北京,形成京腔。到乾隆初期达到鼎盛,形成"六大名班,九门轮换"的景象,且获得官方认可,取得了与昆曲同为正统的地位,大有取而代之之势。第二次交锋发生于乾隆四十四年(1779)。川中名伶魏长生率秦腔班入京,演唱《滚楼》《烤火》《卖饽饽》《买胭脂》《送枕头》之类以儿女私情为主的风月戏,在京师刮起一股旋风,达官贵人和普通百姓争相观看,导致京腔六大班关门歇业。结果,乾隆五十年(1785),清廷以有伤风化为由,在京师禁唱秦腔。魏长生的秦腔班解散,爱徒陈银官受枷责驱逐回籍,他本人也改唱昆腔。由于官府干涉,以秦腔为代表的地方戏在京师挑战京腔完败。第三次交锋始于徽班进京,徽戏颉颃京腔,直接催生了京剧艺术的诞生。徽班进京时,与清廷禁秦腔相隔只有短短五年时间,秦腔败北的血腥气仍弥漫在京师梨园,且京腔风头正劲,牢牢占据着京城各大戏园。可以说,要不是贺寿,徽班去的完全不是时候。这场博弈将会是何等激烈和残酷,大致可以料想。

第二件事即嘉庆三年(1798)的禁戏风波。嘉庆三年,清廷颁旨,除奉为正统的昆、弋(京)两种声腔外,全面禁唱其他各种地方声腔,并将圣旨内容刻碑,立于京师和地方的梨园行会老郎庙,永行遵奉。地方戏遭遇寒冬,刚刚被京城百姓接受的徽戏二黄腔遭到致命打击,禁戏令一直持续到嘉庆二十五年(1820)。先期进京的徽班何去何从?他们该如何度过这段长达二十余年的黑暗时光?

上述两件事,分别从侧、正两个方面说明了徽班进京前和进京后的严峻形势。窥一斑而见全豹,徽班进京后,他们到底会经历些什么？《大徽班》就是试图运用文学的方式去填补史实的空白。

三庆园位于北京前门外大栅栏街十八号，是老北京最早的戏园之一，前些年于原址上重建。1796年，三庆班与京师著名菜庄宴乐居合营，将宴乐居改造成戏园并易名"三庆园"。三庆园历经两百多年历史，见证了京剧艺术从萌芽到形成、从成熟走向巅峰的全过程，这里一直被视为京剧的发祥地。当年，这里就是徽班伶人们打拼的舞台。漫步园中，隐隐中，锣鼓丝弦声又响了起来，"二黄之耆宿"高朗亭、"坑死人"郝天秀、大老板程长庚、"杨猴子"杨月楼、景和堂主人梅巧玲、"小叫天"谭鑫培、"花腔"余三胜……多少人在这里一举成名，又有多少人从这里默然退场。无数身影在眼前晃动，唱念做打、翻腾跌扑，让人目不暇接。戏明明早就散了，徽伶们也早已消失在历史的烟云深处，可他们就像是刚刚离开，戏台上锣鼓未歇，风情未散，余韵犹存。

石牌位于长江西南岸、皖河之滨，是座千年古镇。在水运年代，它是进出大别山的门户。皖水、潜水和长河三条河流在距石牌两公里处交汇，形成皖河。水带来了戏，石牌有"戏窝子"之称，这里走出了无数伶人，有"无石不成班"之说。那些穷人家的孩子，为了谋生，从很小的时候起，就在这里加入各种科班。学成文武艺，货于帝王家。一批又一批伶人从石牌出发，沿着皖河进入长江，走向外面广阔的天地。

2016年9月的一天，秋高气爽，我来到石牌，寻访徽班遗迹。石牌分上石牌和下石牌，上石牌最为繁华，街巷交错，商贾遍布，戏园和戏台分布期间，仅江西、福建、徽州、扬州等客商设立的会馆就有六家。由于上石牌紧挨着皖河河道,20世纪60年代修筑同马大堤时,将上石牌整个圈进了河床内。20世纪末,上石牌老街和所有建筑被冠以"皖河干流障碍物"而全部拆除。如今,遗址上尚有为数不多的几户居民,仅剩的几栋房屋也非当年旧物。一家简易的塑料加工厂,哐当哐当地粉碎着矿泉水瓶子。许是当年过于繁华,石牌旧时曾有老夫子预言,说上石牌"五百年前楼上楼,五百年后一荒洲"。不幸还真被他言中了。落花流水春去也,现在,这里只有杂木、乱石和沙滩,你找不到半点昔日的影子,沧海桑田,曾经的繁华像一场大梦,皖河的流水带走了一切。

下石牌尚有几条破败不堪的老街,大多数老房子大门紧锁,街上也难得看见一个人影。我随朋友七转八绕地走进一栋昏暗的老房子里,一位年迈的老人正在专心致志地制作着盔头。做好的盔头摆放在案上,有帝王将相的,有公主小姐的,精致而炫目,美得像一个梦。老街上像她这样做盔头的老人还有几个,他们都是盔头世家,传承了几代人,买者很少。这些老人像是被光阴遗忘的人,依然固执地守候着一个梦。他们静静地待在老房子里,像是等候着某个远方的归人。

我也是个寻梦的人。只是,有些梦,已遍觅不得。

太湖寻禅（三章）

理水

一座大湖是有灵魂的。

花亭湖是一座禅湖。当你出现在它面前的时候，你看到的是一幅山河壮阔的画。万顷碧波，水天一色，湖山点点。你感觉自己的人生也像一幅画卷在瞬间被长风"打"开了。如此之多的水，它们来自哪里呢？一座禅湖，它一定隐藏着许许多多不为人知的源头。它们是秘密的、诗性的、跨越时空的。它来自纤尘不染的古泉，湖山上缭绕的烟岚，它还有可能来自古寺旁菩提树叶或青青翠竹上滴落的水珠，或者来自二祖慧可在葫芦石参禅时石壁上凝结的寒露，是倡导农禅的五祖弘忍洒落在山地间的汗水，也有可能来自西域高僧佛图澄遗留在佛图寺中某部古经上的河流。甚至,它还有可能来自汨罗江,更加遥远的恒河,甚至不通舟楫的弱水。

每一滴水都是有禅性的。

喜欢那些清瘦的湖山,随意散落湖中,像传说中的瀛洲和蓬莱。它们在水中静静地伫立着,翠螺一般,从容、安详、气定神闲,一点也不先声夺人。

一山一沙弥。它们像汪曾祺笔下名叫明海的小和尚,吃斋念佛,种菜挑水,入了法门,却又念着那么一点红尘,喜欢会剥莲蓬会采荸荠的小英子。他分不清沙门和红尘的界限,沙门和红尘原本就没有严格的界限。不俗即仙骨,多情即佛心。湖山是可爱的、人性的、有情怀的。它们不是寒山,也不是枯崖,它们是有人间烟火气的。

喜欢这山水里的情怀,简单、清寂,而又分明温暖。面对如此清澈宽广的湖水,人是慨叹、羞惭和渺小的。湖面上翻卷着细小的波纹,清新的湖风四季吹拂着。用心聆听,湖是有声音的。湖山深处,隐隐传来一阵阵梵音,轻盈、缥缈,在天地间弥漫着。它若有若无,飘动如岚,悦耳如天籁。这声音是岸,收拢流浪的心灵;这声音是火,迎接寒夜里的归人。

青原惟信禅师指出参禅有三重境界:见山是山,见水是水;见山不是山,见水不是水;见山还是山,见水还是水。这又何尝不是人生的三重境界呢?芸芸众生大多处于第二重吧。不是,不见,不识,不安。

水观是佛教修习禅定的方式之一,又称水想、水定。《楞严经》

就记载了月光童子修习水观而修得圆满无上正觉。说起来,这种禅定的方式再简单不过,临水观想,使自己的身心乃至周围的一切都如水一般清澈,从而进入禅悟之境。

苏轼是参透了水的。他被贬黄州期间,生活困顿,沦落到寄寓僧舍蔬食斋饭的地步。他的《武昌酌菩萨泉送王子立》一诗写道:"送行无酒亦无钱,劝尔一杯菩萨泉。何处低头不见我?四方同此水中天。"皇城里也罢,流谪四方也罢,都是一样的心如止水,像水中的长天一样辽阔澄明。……肯定有过波澜,但外人看不见。你在,水就在,禅就在。

理水见源,见真如,见初心。

理水要脱胎换骨。水的去路与归途。水从我们的手指间流去,水随天去,无语东去,你留不住它。一滴水,它也可能是蒸不烂、煮不热、锤不扁、炒不爆、响当当的一粒铜豌豆。禅有不二法门,如何进入水,成为水。芸芸众生,清者自清,浊者自浊。

禅者,一人单衣也。禅者披衣而立,他在人群里、山洞内、小径上、湖中。他面带微笑,淡然而行,他与眼前这湖一般幽深,不发一言。

水边尽是走来走去的人。水波晃动,我们无法在水中照见自己的影子,水很近又很远,熟悉又陌生。

天地间西风浩荡。

奔月

戏的起源,离不开水。

长河是太湖的母亲河,发源于大别山的多枝尖。胡普伢是黄梅戏历史上第一位女演员,人称"黄梅戏苑的报春花"。她出生于长河畔一个名叫胡昌畈的小村子,天姿秀丽,有着一副清甜的好嗓子。九岁时,她被送到新仓街一户何姓人家当童养媳。

在她大约十四岁那年,小丈夫病重,何家人打算将她卖掉。在一个月黑风高之夜,她选择了出逃。她要翻越香茗山,到山那边的望江麦元祭家畈去学戏,那里有她景仰的戏班子。

都说女人是水做的,水怎么能没有声音呢?女人怎么能没有声音呢?否则,谁又能知道她们的喜怒哀乐?她要唱戏,唱眼前这条河,唱女人的戏。

那天晚上,半夜时分,胡普伢趁家人睡熟之时,偷偷地爬了起来,拿起白天卷好的小包裹。她沿着墙根,悄悄地向下街新仓渡口逃去。

到了渡口,胡普伢上了船,迅速划动起来。顺利上了岸,她松了一口气,开始拼命地奔跑。耳畔是呼呼的风声,跌倒了,就爬起来接着跑。她像冲破了河堤的长河水,发怒着、翻转着、沸腾着,一往无前,什么都不管了。遇神杀神,遇鬼杀鬼,把河床都远远地跑丢了。

天上没有月亮,连星星也没有一颗。夜黑得伸手不见五指,浓浓的夜色像一团烂泥糊在她的脸上、身上,她全身湿漉漉的,黏糊糊的。她又惊又怕,甚至不敢睁开眼睛。

长夜沉沉,月在何方?它在水里吗?它被死死地埋在泥沙下面了,还是仍在山的那一边沉睡呢?她不知道,她只知道奔跑,她在奔月。她比嫦娥还要苦,天上地下一片漆黑,她无月可奔。不过,没关系,虽然看不见月亮,也不知道它到底在哪里,但是,她能感受到它的存在。它一定就在前面。她甚至能感受到它温柔的光辉,像母亲的手轻轻抚摸着自己。

她知道自己不能停止奔跑,她就是这命。

她终于顺利地逃了出来。此后的路并不顺利,更加崎岖难行,美人从来都是多灾多难的。学戏、登台、表演、流落四方。流氓、兵痞、土匪、灾荒、病痛,她像一朵花,被一只看不见的手蹂躏着,在旧时代的风雨中飘摇着,被一个个厄运追撵着。她身不由己,在黑暗中跌跌撞撞,一路狂奔,早年出逃的路好像仍在脚下延伸。她常常问自己,我真的逃出来了吗?我怎么一直还在奔跑?一个女人唱戏为什么这么难?

习惯了这样的奔跑之后,她反而不知道怎么停下来了。

她终于成为一代名伶,一只苦难的黄梅百灵。

今天的新仓老街破旧不堪。街巷里有着许多废弃的老房子,它们紧闭的大门上,无一例外地都挂着一把老锁,各式各样锈迹斑斑的老锁。当年,少女胡普伢就是被这样一把老锁紧锁在柴房里,锁在黑暗里。幸而,她逃了出来。再坚固的锁,也锁不住一颗向往的心,一个痴情的戏魂,一个月亮。

她是自己的月亮。

采薇

在花亭湖周围群山之间的山坳里，星星点点地分布着许多古村落，如龙潭寨、蔡家畈、白果树、百草林等。每座古老的山村里都有一群老年人，陪伴着一幢幢寂寞的老房子，守望着山，守望着河，守望着薇。

龙潭寨位于深山之中，寨口有两棵古树，遮天蔽日，迎接每天的归鸟。一条由众多清泉汇聚而成的龙潭河将寨子一分为二。山涧里躺着无数大大小小的石头，一个挨着一个，壮壮实实、愣头愣脑的样子，它们也是村庄里的"居民"。扎堆，聊天，晒太阳，几天也不翻一个身。水清澈见底，哗哗啦啦地向山外流去。多想待在这山泉边，濯足、汲水、鼓琴，做这山涧里的一块顽石、一棵水草、一条游鱼。以拙为本，故步自封；因水为衣，冬暖夏凉。

五福桥是寨中的一座单孔古桥。想想清代那个名叫胡尚多的老人真是有福了。那时，龙潭河上尚没有桥。胡老爹有五个儿子，分别叫大福、二福、三福、四福、五福。为解决村民出入不便之苦，他决定出资在河上建一座桥。他率领五个儿子，日夜劳作，终于完工。乡亲们遂将这座桥命名为五福桥。福可以延伸，爱可以传递。胡老爹这一生功德圆满，他自己也是一座桥。

民居就散落在山涧两岸，原始的土墙，古朴的方砖，黛色的瓦。每一家的门都是敞开的，顺着光滑的石板台阶，你可以随意地走进去,成为老屋的贵客。东边的房间里,香案上供着牌位,上面用毛笔横平竖直地写着先人的名字。字有点拙,没有花拳绣腿。大门外,毛竹搭成的晾架上,簸箕里晒着剁碎的辣椒、金黄的玉米、各式各样的野菜。空气中弥漫着芬芳的气息,让人沉醉。

"采薇采薇,薇亦作止。曰归曰归,岁亦莫止。"

寨中的一幢老房子里,展览着各式农具,已经从我们的生活中消失或正在消失的日用品有上百样,摆满了好几间屋子。它们记录了一个时代,漫长而原始的农耕时代;记录了一种生活方式,农家的,手工的,简单的,木质或竹质的。从前慢,牛的脖子上会有一只铃铛,它在哪座山头上吃草,在家门口听听就知道了;从前慢,仅笋就有好多个品种,什么船笋、角笋、提笋、腰笋、背笋,等等;从前慢,一根树棍插进两只门环里,这门就是锁上了;从前慢,衣服要缝缝补补,院墙上的瓦钵里,酱要晒整整一个夏天……

这里是禅村。步入龙潭寨,你的脚步不由自主地会慢下来,倾听流水的声音、风的声音、内心的声音。一座老屋、一件灰黑的旧家具、一只落满了灰尘的老灯盏、随处可见的一泓清泉、一朵野芳、一株野薇……它们像一首首意蕴无穷的偈子,能让你止步,顿悟,有所思。

薇,一种野菜,生于山野,在春风里发芽,在节气里长大。这里是薇的故乡。年年的薇,葳蕤如初,一切都是未曾老去的样子。农具是一棵薇,老屋是一棵薇,寨中的老人和小孩也都有薇的模样。

"昔我往矣,杨柳依依。今我来思,雨雪霏霏。"

薇活着,村庄就活着,母亲就活着。心里的那份思念就不再漂泊无依。

采薇,被母亲的手、亲人的手,轻轻采下,放进背篓里,带你回家。

向匠心鞠躬

20世纪80年代,中国画大师李可染先生曾数次造访泾县宣纸厂。一次,他在捞纸车间里看着看着就愣了神。"捞纸"是宣纸生产过程中最为神秘的环节,两两一组的捞纸工人,娴熟地操纵着一张竹帘,在纸浆池里一晃一晃,一张湿漉漉的宣纸就在竹帘上出现了。再移动竹帘,轻巧地一掀,宣纸就落在了被码放得整整齐齐的纸堆上,然后进入下一道晒纸工序。一张张宣纸就是这样生产出来的。它从无到有,整个过程,耗时不过几秒,如行云流水,一气呵成,捞纸工人就像变戏法一般,眨眼间就完成了工序,让人百思不得其解。即使是外行,也会看出其中的门道,宣纸的秘密,完全在池子里的纸浆中。可纸浆的具体成分,外人就无从知晓了。凡是目睹过"捞纸"操作的人,面对这般神奇的场景,没有人不赞叹。李可染在一次参观时,就情不自禁地向捞纸工人深深地三鞠躬,他深情地说:"没有你们就没有我。"

无独有偶,20世纪,一个日本客商也被这捞纸的场面深深地迷住了。此人是个商业间谍,他前来打探宣纸的秘密。他当然知道宣纸的秘密就在池子中的纸浆里。工人们当然不会让他随便接触纸浆。此人想了一个堪称绝妙的点子,他站到池子边,像李可染大师一样,也向捞纸工人深深地鞠躬,却故意让领带拖到了池子里。他起身后,戴着湿漉漉的领带,如获至宝般地离开了。日本人对领带中的纸浆进行了严格的分析和化验,结果并没有从中发现什么神秘的成分,可以说一无所获。随之而来的问题是,宣纸的秘密究竟在哪里呢?

时令进入秋天,青檀刚刚落叶,若在此时进入皖南泾县,你会看到到处都有百姓在砍伐青檀枝条。砍伐青檀枝条是有讲究的,要选取老桩上三年生的枝条。也就是说,三年生的枝条最适宜用作宣纸原料。时间短了太嫩,韧性不足;时间长了,青檀的纤维老化。所以,就像割韭菜一般,青檀的枝条都是三年砍伐一次。青灰色的枝条吸足了三年的阳光和雨水,弹性十足,充满活力。伐下来的青檀枝条有两三米长,整齐划一,长枪一般,被捆成一束一束的,放在公路边,等待着被车辆运走。这只不过是第一步,它们离一张宣纸的距离,还差着十万八千里。植物也是有生命的,檀并没有化为柴薪,别看它只有三年寿命,此后,它们将以另一种方式存在。在一张薄薄的宣纸里,它们将会获得新的更加长久的生命。据考证,宣纸的寿命,可以达到一千零五十年。纸寿千年,并不是一句妄言。

青檀的枝条被砍伐下来后,先要将檀皮从枝条上剥下来,开始灰渍、洗涤、蒸煮、摊晒等前期工序。摊晒的过程较为漫长,将经过粗加工的檀皮摊放在朝阳的山坡上,除了偶尔去翻晒,就不用去管它了。经过十个月左右的晾晒,历经一个寒暑的风吹雨打,吹尽狂沙始到金,青檀的白色纤维就显露出来了。这个过程称之为自然漂白。

宣纸的主要原料除了青檀外,还有泾县特有的沙田稻草。顾名思义,这种稻草长于沙田,秆高节少,色泽金黄,纤维性强。沙田稻草在撕除枯叶、破节、浸渍、晒干、蒸煮等十几道工序后,同青檀皮一样,也要放到野外摊晒,天然漂白,成为燎草。宣纸的前生,像一位隐居在皖南山中的高士,侣烟霞而友泉石,吐纳日月精华,吸取天地灵气,内心笃定,自我修炼,任尔东西南北风。只有如此,时候到了,方能成大器。摊晒檀皮和稻草的山坡极为壮观,白色的檀皮如白浪翻滚,金黄的稻草如金沙泻地,各成奇观。灵山秀水的滋养、独一无二的原材料、别出心裁的匠心加工,注定了宣纸不会出落成凡俗物品。

到时候了,该让这对孪生兄弟见面了。青檀和燎草经过选检,按一定比例混合后,进入作坊,正式开始了室内加工。更精细的工序开始了,混后的皮草经过碓皮、切皮、漂洗,加入阳桃藤汁之类的植物胶,再进行踩踏,即踏料。踏料,顾名思义,自然是用脚踩踏,踩匀,使皮草充分混合成为料球,像个面粉团。然后是袋料,将踏成团的料球,放进纱布袋里,扎紧袋口,系在一根竹竿上,在水池里来回搅动。原料中的浆汁经过过滤,源源不断地注入水中,形成纸浆。接下来才是捞纸、晒纸和检纸,一张宣纸才算大功告成。从投料到成纸,宣纸的生产一共要经历十八个环节,计一百零八道工序,历时三百多天。慢工出细活,匠心出精品,久久为功,千锤百炼,哪一道工序都不能出问题,否则,就可能功亏一篑。

宣纸的兴盛,与泾县小岭村曹氏家族有关。八百多年前,南宋末期,为躲避战乱,曹氏一支在曹大三的率领下,来到泾县小岭。然而,小岭山多田少,资源匮乏,无法维系生存。面对窘境,曹大三没有消沉,更没有改迁别地。当时,泾县及周边的老徽州地区,多造纸作坊,曹大三及其子孙亦以此为业。不同的是,曹大三对当时的纸业现状并不满意,他苦心孤诣,决心要造出一种举世无双的纸来。整个唐代,加工纸风行,什么墨光、冰翼、凝霜、蝉翼等佳纸丽笺层出不穷,宣纸匿名不显。宋代,宣纸的需求量虽有所增加,但泾地宣纸生产日渐衰微,无法满足需要。曹大三率族来到小岭定居后,不断改进工艺,精益求精,将宣纸制造技艺发展到登峰造极。泾县宣纸遂一枝独秀,名扬四海。曹氏纸坊精品宣纸的出现,震惊了世人,一时被惊为天物。"轻似蝉翼白如雪,抖似细绸不闻声。"到了清代,小岭有十三个山坳,当地人称"山坑",坑坑造纸,一时间就有了"沿溪纸碓无停息,一片春声撼夕阳"的热闹场景。

青檀、沙田稻草,当天物遇上匠心,想不出绝世精品都难。宣纸离不开泾县这方水土的天然馈赠,皮、草、水、技,缺一不可。日本人也曾处心积虑地将青檀的种子带回国内,精心培育。无奈,由于气候和土壤的差别,制出来的和纸就是无法和宣纸媲美。宣纸属于泾县,属于皖南的这片山水。离开了这里,它就水土不服,南橘北枳,天壤之别。曹大三迁居泾县小岭时,周边地区以纸为业者众多,何以最终只有曹氏掌握了宣纸秘籍?这当然与曹大三及其子孙的聪慧和努力有关。在家族资料和当地志书中,鲜见他们如何攻克技术难关的文字记载,但是,仅从宣纸生产烦琐且绝对有条不紊的工序里,可以看出,它们绝非一日形成,而是在长期的生产中不断积累和改进的结果。它们是一条长长的链子,一环咬着一环,且耗时长久,稍有闪失,就会前功尽弃。匠心,需要敬畏的态度、专注的精神、日复一日的艰苦磨炼,还需要神助般地灵光乍现。

宣纸是天赐神物。没有它,中国传统书画艺术就无所依附。所以,李可染大师才会情不自禁地向纸工鞠躬。他是在感谢纸工们的匠心,将天物变成了神器。

对着光亮举起一方宣纸,可以清晰地看见纸内有一团一团如云朵般的絮状物,这就是青檀的纤维,它已去芜存精。风起云涌,像林涛起伏,又像万叶吟风。檀的灵魂仍在,只不过,通过匠心的加工,通过一双又一双手,它变成了另一种形态,获得了新的生命。宣纸的最大特点就是洇墨。洇,指水墨着纸后向四周散开。依助于檀的纤维,纸上的水墨获得了无数坦途,它天马行空地奔跑着,如花般自由绽放着,成为一门辉煌的艺术。

宣纸没有秘密,不过是青檀、沙田稻草和山泉,不过是匠心。

枫桥夜泊

"月落乌啼霜满天,江枫渔火对愁眠。姑苏城外寒山寺,夜半钟声到客船。"钟声诗韵传千古,张继的一首《枫桥夜泊》,引得无数游人来苏州寻幽览胜。20世纪末的一个秋天,我只身孤旅,带着满身风尘和疲惫,来到了苏州。我不是来看风景的,尽管我现在就站在风景之中。我也不是一个随众的人,我之所以来这儿,是因为张继和他的《枫桥夜泊》。我从这首诗中读出了强烈的流浪气息,读出了孤独和漂泊。我亦是游子,我想体验张继诗意中大淮孤旅的情境,聆听一个唐朝诗人沧桑的心跳声。

寒山寺位于苏州城西的枫桥古镇,因邻近枫桥,又叫枫桥寺。古色古香的建筑、耸入空中的佛塔、袅袅而来的钟声、随处可见的碑文铭刻,这些都使得这座历史名刹散发出流泻千年的文化古韵。寒山寺的门前就是直通古运河的枫江,说是江,实际上只是一条河而已。枫桥就横跨在枫江之上,距寒山寺不过百步之遥。沿河两岸,是无数粉墙黛瓦的江南人家,一直延伸到远方。

枫桥的北堍与铁岭关相连,铁岭关又称枫桥敌楼,为明代抗倭建筑,是苏州仅存的一座保存完好的抗倭关楼。古藤沿着斑驳的城墙攀缘而上,古关愈显沧桑、雄伟。枫桥名声虽大,其实也只是一座极其普通的半圆形单孔石桥,造型古朴雅致,除多了一份古老和斑驳之外,它与众多的江南拱桥并没有什么两样。站在铁岭关上,西风残照,古寺、古关、古桥、散发着浓郁古典气息的江南民居,让人有一种不胜幽古之感。

张继作这首《枫桥夜泊》的具体时间也颇有争议。一说作于安史之乱期间。公元755年,安史之乱爆发,张继避难南下,漂泊于江淮,行踪到过吴中一带。还有一说,张继作此诗是在进京赶考落榜之后,他驾一叶小舟到姑苏外漂泊途中所写。不管哪一种说法,张继作此诗时心情不佳,这一点是肯定的。江南秋夜、孤舟一叶,羁旅的孤单在寒冷的秋夜达到了极致。月落乌啼、寒霜满天、江边枫叶、渔家灯火、穿越时空而来的悠悠钟声,这美丽而寂寞的江南秋夜令游子断肠。在寒山寺旁的枫桥苑内,有一尊张继的雕像,取半卧姿,他仍像卧在船头,举首、闭目,神情黯然,脸上挂着秋霜。

为迎合部分游客的心理,有商家在枫江推出了"枫桥夜泊"游。一群群男男女女熙熙攘攘乘着机动船在枫江里兜一圈,这也叫"枫桥夜泊"?没有寂寞,没有孤单,甚至连起码的夜色也没有。一艘又一艘游船满载着游客在枫江里来来往往,让人感到有些滑稽可笑。枫桥夜泊,什么时候竟成了商机和游戏?

《枫桥夜泊》写尽了骨子里的孤单。历史上的枫桥古镇十分繁华,它处于大运河、古驿道和枫江的交汇处,既是交通要道,又是商旅中心。在江南,在交通尚不发达的古代,船是主要的交通工具,一次旅行要费时数天乃至月余,途中的寂寞与孤单可想而知。河道悠长,两岸是温馨的江南人家,而游子的家尚在山重水复的迢迢远方。生若漂萍,乡关何处?每一个游子也许都曾在内心如许问过自己。清初诗人王渔洋一次来到苏州,舟泊枫桥时,天已经黑了,而且风雨交加。他穿上屐履,撩起衣袍,让随从点起火把,冒雨弃舟登岸。他在寒山寺的寺门上挥毫题诗两首,题曰《夜雨题寒山寺寄西樵、礼吉》,以寄托对远方兄弟的思念之情,其中一首云:"枫叶萧条水驿空,离居千里怅难同。十年旧约江南梦,独听寒山半夜钟。"王渔洋题毕,拂袖而去,时人都以为狂。王渔洋到此并不是为了欣赏枫桥的景色,枫桥的景色如何也并不重要,他是为了一抒兄弟分离、人在天涯的凄苦心境。南宋爱国诗人陆游,年近五十岁时去蜀州为官,"二十从军今白发",诗人空怀英雄胆略与一腔抱负,甚感前途渺茫,他途经苏州时写下了思虑深沉的《宿苏州》:"七年不到枫桥寺,客枕依然半夜钟。风月未须轻感慨,巴山此去尚千重。"诗的后两句既是写自然感受,同时也隐含着自己的理想像夜半时分寒山寺的钟声一样飘忽,不可捉摸。枫江碧波悠悠,千年以来它一直默默地流淌着,我仿佛看见一张张沧桑的面孔在浪花间闪现,张继、陆游、沈周、寒山子、王渔洋……枫江之上,多少流浪多少漂泊雁过无痕?人生,因漂泊而生动,而开阔,而有无垠的远方。

在今天,交通工具日益发达,千里之遥短时就可以抵达,我们还会有那种在路上无根的漂泊感吗？实际的境况是，现代人的漂泊感不是消失了而是更加强烈了。

"月落乌啼霜满天"，当我轻轻吟起这首《枫桥夜泊》的时候，周身感到一阵阵寒意，好像唐朝的霜还未散去。仰望枫桥，我突然意识到，真正的漂泊就要开始了。

一生中，我们要经过多少类似这样的漂泊：凄清、孤单、无眠，在愈来愈凉的霜风中慢慢苍老。

而枫桥，只不过是途中的一个小站。

斯是陋室

我是循着一片蓊郁的草色走近陋室的。

"苔痕上阶绿,草色入帘青",苔痕与青草,是浩瀚如海的唐代诗文中最鲜活最生动的两种植物,它们从刘禹锡先生的笔下,从那些漫漶的唐诗册页中铺展而来,濡染出一幅一望无垠的生命图景。

陋室位于今安徽和县城东北部。唐长庆四年(824),著名诗人刘禹锡被贬为和州刺史,卜居于此。关于陋室,有一则刘禹锡三次搬家的趣事。相传刘到和州时,按当时规定,他可以在衙门里住三间三厦的房子。当时官衔比他低的和州县令策某在朝廷中很有些背景,见刘是被贬而来,便不把这位刺史大人放在眼里。他先是安排刘禹锡住在县城南门的江畔。刘禹锡见房子面对大江,视野开阔,非常高兴,特撰写一联贴于房门:"面对大江观白帆,身在和州思争辩。"策县令听说后,很不高兴,不久又找了个借口将刘禹锡的住处由城南门迁到城北门，住房也由三间缩小到一间半。新住处位于德胜河边，杨柳依依，风光甚佳。刘禹锡安心住下，并触景生情，又作了一副对联："杨柳青青江水边，人在历阳心在京。"策县令见刘禹锡总是悠然自得，气得半死，让他搬到城中，而且只安排了一间仅能容下一床一桌一椅的斗室。刘禹锡连迁三次，住处一次比一次狭小，于是愤然提笔写下《陋室铭》一文，并请好友、书法家柳公权作书，制成一碑，立在门前。

此传说是真是假，已无法考证，但刘禹锡当年在和州住处简陋是肯定的。原陋室早已不存，现存的陋室是清代乾隆年间和州知州宋思仁在原址上重建的。今人以陋室为中心，建起了一座陋室公园。

进入公园，迎面是一座小山，山并不高，海拔约两百米。陋室位于山阴，是一座独立的院落，面朝东北，门楣上"陋室"二字由当代著名诗人臧克家题写。进入院子，三间普通的房子呈"品"字形分布。正面的房子大门两侧有一副对联："苔痕上阶绿，草色入帘青"，是《陋室铭》中的名句。正厅里有一座刘禹锡的雕像。东面的房子是刘禹锡生平图片展室。院子北侧还有一座《陋室铭》碑亭。整个陋室布局简洁、环境清幽，简陋而不失诗意。

刘禹锡生活的唐朝中晚期，朝政黑暗，他一生亦在政治旋涡里起起伏伏。如果说因参与"永贞革新"被贬尚无法避免的话，那么，后两次被贬完全是因诗得祸。先看刘禹锡的《玄都观看花》："紫陌红尘拂面来，无人不道看花回。玄都观里桃千树，尽是刘郎去后栽。"这首诗是刘禹锡参与变革被贬十年后回京时所作，当权者认为刘禹锡这是借桃树讥讽他们,将他贬出京城。十四年后,刘禹锡重被召还,再度回到长安,他又来到玄都观,作了一首《再游玄都观》:"百亩园中半是苔,桃花净尽菜花开。种桃道士归何处,前度刘郎今又来。"此诗后两句颇有些"我胡汉三又回来了"的味道。结果呢,刘郎是来而又去,他竟然再次被贬。按理说,刘禹锡因写《玄都观看花》一诗而招祸,他应该吸取教训才是,可为什么十四年后,他又犯了同样的错误呢?一句话,人家刘郎根本就没有拿这一班权贵当回事。否则,他也不可能两次踏进同一条河流,一错再错。

下去就下去吧,看不见这些飞扬跋扈的小人,乐得个耳根清净。二十多年的贬谪生活,使唐朝失去了一位纵横捭阖的政治家,而增添了一位才情卓绝的诗人。刘禹锡在多地为官,熟悉各处的风土人情,这为他的诗歌注入了新鲜血液。特别是他汲取江南民歌风格创作的《竹枝词》,像一束鲜活青嫩的竹枝,为唐诗开辟了一块新天地。刘禹锡任朗州(今沅陵)司马时,他就根据湘人好巫、好歌舞的民风,创作了多首巫歌,让人传唱。《旧唐书·刘禹锡传》中说,"故武陵溪洞间夷歌,率多禹锡之词也",颇有点"凡有井水饮处,即能歌柳词"的风范。刘禹锡是在长庆四年秋由夔州调任和州刺史的。他在和州两年,政声颇佳,也写下了不少名作。当然,特别值得一提的,还是那篇百余字的精粹短文《陋室铭》。

晚上,我就选择住在陋室公园边的陋室宾馆。窗外,就是《陋室铭》中提到的"仙山"与"灵水"。它们都是再平常不过的山水罢了。文人们总有着自己独特的解压与处世方式,他们总能在失去与得到之间找到心理上的平衡。走近自然,走近山水,走近先贤们的足迹,总能让我一宿无梦。

斯是陋室,这是一座简陋的房子,说得肯定、坚决,不卑不亢。"陋"是一种心态,有了这种心态,才会在困境中举重若轻,化繁为简,化蛹为蝶。

斯是陋室,怡然而居,人生何曾简陋!纷繁复杂的人生,需要这样一间陋室,安放心灵,安放雨后的苔痕与春天的芳草。

去岳西看山

早在几年前,我就有一个愿望,那就是去岳西看山。作为一个基本上是在平原地带长大的人,我对山有着迫切的向往和深厚的感情。山,尤其是高山,意味着高处、尊严、寒冷、孤独,等等,它是时间和空间里沉默的王者。当汽车载着我在大别山的崇山峻岭之中穿梭的时候,我有一种回家的感觉,仿佛在心里早已熟悉早已成约。

我喜欢这样一个词:山民。门前竹林,屋后青山,祖祖辈辈与山相居相伴,人与山浑然一体,人与山水乳交融。黧黑、干练,负重和攀登是他们的绝活。这样的人生又高又远。

这是一些山的名字:妙道山、司空山、鹞落坪、明堂山……这是一些河流的名字:天仙河、店前河、鹭鸶河……美丽、庄严,充满着诗情画意。去岳西看山,迎着高处的风上升,山重水复,一路崎岖。

国家森林公园妙道山与318国道之间有一条长十多公里的山道，没有班车。我和朋友雇了辆三轮车，结果车子未到终点就在盘山公路上"抛锚"了。我们只好步行。在深山老林中，也许行走是最佳也是最虔诚的方式。

紫柳林生长在深山之中一片山坳内的沼泽地里，有数百棵。沼泽地里淤泥厚积，杂草丛生，我们须踏着由木排搭成的小道才能步入林中。

突然看见这片林子的时候，我感觉那不是树，倒像是放大了的桩木盆景。每一棵树的干和枝皆屈曲盘旋，极尽虬曲和周折。这些紫柳一般只有三四米高，树龄最短的有六百多年，长的上千年。紫柳的树皮全部皲裂开了，一层又一层，像厚厚的页岩。经历漫长年代里的风吹雨打，树皮几乎全部风化，轻轻碰触，碎屑纷纷飘落。

柳本是柔弱的。绿枝纷披，柔情似水，可是当我看见这些紫柳的时候，我突然陷入了深深的沧桑。谁看见过这样的柳树！它们就这样在这片沼泽地里站立了千年，站成了另一座山。紫柳尚未发青，它们还沉默着。在漫长的岁月面前，生命是短暂和脆弱的。青春、容颜，还有许许多多美好的东西，无时无刻不在一点点地流逝。可是，一棵紫柳却不相信这些，它生长着，藐视时间，以生命对抗着长长的岁月。

山，因这片紫柳而更显挺拔。

司空山孤峰突兀，壁立千仞。从正面看去，它差不多与草木无缘，全是铁青色的巉岩峭壁。用我朋友的话说，司空山上全是骨头。上山只有一条道，台阶陡而长。

由于疲劳和时间紧张的关系,我们在山顶上的寺院里住了一宿。山中的夜真静啊,没有人声,没有市嚣,连鸟声和松涛也停止了。那种静是世界的突然消失,宇宙间只有你一个人,"念天地之悠悠,独怆然而涕下"。一灯如豆,夜凉如水。司空之夜,我突然陷入无限的虚空里。也许,继续孤独下去才是唯一的出路。

我无法想象当年二祖慧可在此参禅悟道的情景。二祖禅堂即二祖的修行之地,当年只是一座山洞,到今天也不过是依洞建了几间普通的平房而已。山顶上较为空旷,所有的建筑不过一座禅寺,一栋僧舍。那天我们上山时,正巧碰上了一群来此朝拜的韩国僧人,这足见司空山的影响。

当初,二祖选择了司空山,或者说,司空山留下了二祖,山与人在某一瞬间彼此达成了一种默契。举目四望,我只看见到处是铁青色的石头,多么像一张平易而坚韧的脸,默默承受着自身的孤独与重量。岁月,只是飞来飞去的烟云。

想起聂鲁达《马楚·比楚高峰》里的诗句:那里还有一个精致的建筑高耸在/人类黎明时期的遗址上/承载着沉默的最高的器皿/在许多生命之后的石头的生命。"承载着沉默的最高的器皿",司空如是。它无语,但是,我分明听见了许多。

岳西位于大别山腹地,是革命老区。在漫长的革命战争年代,全县约有四万人献出了宝贵的生命,县内山场有多处革命暴动遗址,《岳西县志》后面也附有长长的烈士名录。这里的每一片土地,都熏染过硝烟,浸润过鲜血。

山,依旧是寂寞的,就像山从未热闹过。岳西旧时曾广泛流传过一种地方戏曲——岳西高腔。该腔粗犷豪放,"一唱众和",以锣鼓伴奏,而"不协管弦"。可以想象,那该是怎样的场景——众山之中,一曲高腔响遏行云,威风锣鼓惊天动地,这是大别山的声音。这声音雄浑嘹亮,与大山、岁月和人息息相关,这是真正的汉子的声音,这声音是石头在歌唱。

面对众山,无言的人,吼一声吧,放出你胸中的鹰。

卷轴（三章）

苦槠

好的东西都是苦的。

在岳西县冶溪镇琥珀村，有两株千年古树。树种为苦槠。两树近在咫尺，高大茂密，枝叶相交，被称为情侣树。情侣树的背后，自然流传着一个动人的情侣殉情的故事。我情愿相信史上确有其事。

这两株苦槠所在的地方叫作蛮王坪。古时此地出过蛮王。既然称坪，自然是一片空旷的地带。岳西是山的王国，举目皆山，地无三尺平，像这样一片空旷的山地，是难得一见的。更让人称奇的是，在这片山地上，只突兀地矗立着两棵苦槠，周边再无他树。我料想,这里当初应该是一片原始森林。情侣倒下,苦槠诞生,一切都变了。群山后退,它们要让出一大块地方来。群树四散,惊怵而逃,远远地木立着,它们只有膜拜的份儿。蛮王也不见了,刀枪化为泥土。坪的中央,只有这两株高大的苦槠孤绝地耸立着。

就这样空旷地伫立千年。真想问它们一句,孤单吗?

为什么叫苦槠呢?树为什么会苦?是树苦还是爱苦?

油菜花开的时候,堪称情侣树最美的时光。在网上看过一张照片,漫山遍野金黄的油菜花,簇拥着两株翠绿的苦槠,亭亭如盖,那才叫美不可言。它们是受得起的。

在当地农家尝了一味菜,叫苦槠豆腐。它是用苦槠果子的粉制成的,像我们老家的山粉圆子,色泽晶莹透亮,比一般的豆腐要硬。吃了几块,爽滑可口,有一点淡淡的苦,但不易觉察。

想起苦瓜和尚石涛。他出身皇族,明亡时,尚在龆龀之年,他被宫中仆臣背出,逃至武昌。为了保命,他削发为僧,遁入空门。成年后,他寄寓京城,游走于达官贵人之家,后萧然离京,作诗一首:"诸方乞食苦瓜僧,戒行全无趋小乘。五十孤行成独往,一身禅病冷于冰。"生之卑微,莫过于"诸方乞食";生之悲凉,莫过于"病冷于冰"。人间大难和困厄命运郁结的一只苦瓜,在世间无所依傍地漂荡着。余光中诗云:"一首歌,咏生命曾经是瓜而苦/被永恒引渡,成果而甘。"

苦是人间大味。新生儿出世,民间常用黄连熬水过口,寓意先苦后甜,一苦抵百甜;吃得苦中苦,方为人上人。一个人,牙关里咬紧了一个"苦"字,就会无所畏惧。吃了苦,就像吃了秤砣——铁了心。一个"苦"字,又像一个人,踉踉跄跄,穿过风霜雨雪,火山里蹚过,油锅里滚过,身若漂萍,首如飞蓬,走了十万八千里,只为寻得一页真经。苦字不回头,苦字九死一生,苦尽方得甘来。

是的,好的东西都是苦的。槠树是苦的。锅巴汤是苦的。茶是苦的。高腔是苦的。桑皮纸是苦的。司空山的钟声是苦的。明堂山的云湿而苦。山与水是苦的。岳西是苦的。清雅的胡竹峰是苦的。储劲松和黄亚明黑而苦。舒寒冰寒而苦。才子苦,佳人亦苦。小僧苦,在一只木鱼里看见大海。万物苦。天地苦。

慧可说,我心难安。倦客说,我心好苦。

(注:胡竹峰、储劲松、黄亚明、舒寒冰均为岳西籍作家)

惜字

岳西是一卷线装书,或一卷竹简。随时打开,扑面而来的都是山川草木的气息。古村古桥,山路弯弯,林泉之下,满腹诗文的隐士和村夫野老正在日夜把酒言欢。

在岳西响肠河畔的公路边,矗立着一座不起眼的古塔样建筑。有人告诉我,这叫惜字亭。我从没有见过这样的建筑,碑记上说,这座惜字亭是安庆地区独有的文化景观,估计在整个皖江区域,它也是唯一的一座。文字是珍贵的东西,写在纸上的字不能随意毁弃,要放在惜字亭里烧毁,以上达天界。惜字即珍惜文字之意,惜字亭即为焚化字纸之所,其意义进一步延伸为教人敬畏文字,勤学苦读。有长辈说,旧时乡下,偶见外乡遗老,手持篾筐,上书"敬惜字纸"四字,走乡串户,收集字纸,集中焚之。余生也晚,未曾有幸遇到过这样的老人。甚或,我也愿意去学他,背上篾篓,到乡间去做收集字纸的事。

《说文》中说,惜者,痛也,从心。这就对了。没有痛,不走心,何来惜呢?

文字的诞生是件惊天动地的大事。《淮南子》中说:"昔者仓颉作书,而天雨粟、鬼夜哭。"为什么会这样呢?给《淮南子》作注的高诱说得很透彻:"仓颉始视鸟迹之文造书契,则诈伪萌生;诈伪萌生,则去本趋末,弃耕作之业,而务锥刀之利。天知其将饿,故为雨粟。"文字的产生导致人们对自然失去了朴素的敬畏,不再满足于日出而作日落而息的简单生活,导致诈伪萌生,欲望横行。其实,上天和鬼神都多虑了。孟子说人性本善,荀子说人性本恶。我认为都不对,都有其片面性。禅说,恶者自恶,善者自善。与文字有多大关系呢?

问题是,心中要常有一个"惜"字。想起小时候第一次破门走进学堂,削好了第一支铅笔,老师手把手地教着,开始书写平生的第一个字。笨拙、忐忑,但心里的那种干净、神圣和敬畏,恐怕此后都不会再有了。

大自然里处处是字。新芽是字,竹影是字,枯枝是字。雪地里一片白茫茫,几个鸟迹,何尝不是字呢?飞花落叶,这转瞬即逝的飞白,只是粗心的人没有看见罢了。大地上的事情,大地上的书写,只有心领神会的人才会看见和读懂。

字为心声,心迹为字,贵在自然和性情。字如其人,字人合一。

点横竖撇捺,正草隶篆行,什么样的人写出什么样的字,字会透露你内心的秘密。现在的人再也不擅书写了,电脑打字是最无趣的事。写这组文章的时候,窗外大雪飘飘,我想削一些竹简,就着窗外的雪花研墨,写一首关于雪天的诗。竹简好,有生机,写下的字会"活"起来,像水波荡漾。

人说宗教拯救人心,文字何尝不是在拯救人心呢?当夜色降临,我们终于从庸常的生活里挣扎出来,静静地坐到书案前开始书写的时候,心里就亮起了一盏明灯。我们不知道能走多远,只知道记下纷乱而复杂的内心,在那张茫茫无尽的纸上,像一个圣徒,用身体丈量着远方。

惜字。惜字。惜字。

司空

佛法如云,缥缈不定,不知何所来,也不知何所往,更不知道什么时候下雨。

到达司空山下的时候,举首望二祖寺大殿后,只见一峰矗立,峭壁插天,云遮雾罩,恍若海岛,令人望而生敬。

关于山名的由来,相传战国时有淳于氏,官至司空,曾隐居于此。后人为了纪念他,故名司空山。

想起二十年前和朋友一道登司空山的情景。那时我们青春年少,血气方刚,见山则登。况且听闻诗人李白曾在此避居达半年之久,山顶上有太白书堂遗址。李白随永王举兵失败后,流落司空,作《避地司空原言怀》诗,希望远离尘世,过"炼丹保清真"似的道家生活。司空山陡而高,我们到达山顶的时候,天快要黑了。山顶上只有几栋简陋的僧舍。好在寺庙里备有简易客房,只好于此借住一晚了。夜半醒来,天地大静,阒然无声,世界仿佛突然凭空消失。我辈乃凡夫俗子,习惯了红尘中的喧嚣,当下大惧,手足无措,两股战战,但逃无可逃。推窗视之,夜色中的寺院影影绰绰,空中寒星数点,夜风沁凉刺骨,赶紧掩窗钻进被窝,身子哆嗦成一团。事后想来,一个俗世中的懵懂青年何以敢斗胆栖身于佛教祖庭?没有内心的澄澈与空明,你感受到的只能是不适和心惊。

还是像今天这样,站在山下看山的好。有点距离,像李白说的"相看两不厌"。看岩是岩,看山是山,看佛是佛。不要轻易地试图去登一座山,耗神费力地刻意追求和征服往往是徒劳的。看山如斯,求法亦如斯。也许是得益于佛地的启悟,李白在避居司空时终于认识到了自己,"虽有匡济心,终为乐祸人"。为什么非要到兵败之后才有此感悟呢?大司空扔了权杖,都到这荒郊野外吟风弄月来了。

来去匆匆,没有看够山,没有看够寺,也没有看够云,更没有得法。大和尚身着一袭藏青的长袍,仙风道骨,迎接和恭送我们。一山,一寺,一僧,在这个岁末的隆冬里,让心温暖。

佛说,万事皆空,因果不空。种瓜得瓜,种豆得豆,莫为浮云遮望眼,云开雾散一司空。

清香徽州（六章）

天上雄村

雄村在天上。

我在前往雄村的路上，就有这种感觉。雄村位于众山深处，距歙县县城并不远，约半小时的车程。车子在蜿蜒的山道上爬行，一路上坡，山势越来越高。我当时就有一个疑问，这座在徽州颇有名气的小山村，是不是坐落在天上？

走到雄村竹山书院旁时，就闻到了一阵浓郁的桂花香。书院的桂花厅里有多棵古桂树，有的树龄有两三百年了。雄村是徽州曹氏家族聚居之地。这座位于万山之中、人口不足两千的小山村之所以出名，是因为历史上这里走出了许多人才，所以雄村又被称为以文入仕的典型古村落。明、清两朝,雄村曹氏出了五十四名进士和举人,这不能不令人震惊。清末翰林许承尧称:"吾乡昔宦达,首数雄村曹。"从雄村走出的名宦首推父子尚书曹文埴、曹振镛。曹文埴二十五岁即考中传胪,后官至一品,深得乾隆皇帝的信任。他的祖上三代都被封了一品衔,即"四世一品"。在雄村村口的曹氏祠堂前,矗立着一座高大的"四世一品"坊。历史上的曹氏家族,可谓享尽荣光。

雄村名人辈出,同样与徽商有关。这里不能不提到雄村的曹堇饴。曹堇饴寓居扬州业盐,是两淮八大盐商之一,康熙帝南巡时曾奉命接驾。曹堇饴忙于生意,自己读书并不多,但他认为文化才是立身之本。他在暮年时,考虑得更多的是自己远在徽州的家族。雄村地理位置偏僻,要想振兴曹氏一族,除了读书,别无他路。于是,忧心忡忡的曹堇饴在临终之际,再三嘱托两个儿子曹景廷和曹景宸,"当在雄溪之畔建文昌阁、修书院"。曹堇饴作为盛极一时的大盐商代表,并没有把赚取财富作为从商的最终目的。在他们眼里,金榜题名的科举之路、"学而优则仕"的文人理想才是正途。

曹氏兄弟终于实现了父亲的遗命,乾隆二十年(1755),位于新安江支流渐江之畔的竹山书院落成了。书院由清旷轩、文昌阁和桂花圃三部分组成。建成之后,延请名师,收授学徒,这座偏远的小山村里,开始响起了琅琅书声。为了激励子孙读书,曹氏定下族约:凡族人中有中举者,可在书院内植桂一棵。这是一种至高无上的荣誉,此举大大激励了曹氏子孙。果然,他们在科场上捷报频传,院内的桂树也越栽越多,成了一片芬芳的桂树林。

文昌阁是桂花圃内的一座双层八角形亭阁,阁尖建成笔端形。阁上有一横匾,上书"贯日凌云"四个大字,笔走龙蛇,气势磅礴。很明显,这块匾寄寓雄村的文运能贯日凌云。不仅是雄村,徽州许多古村落都建有文昌阁,寄托着文运昌盛的美好愿望。

竹山书院内有一副楹联:竹解心虚,学然后知不足;山由箦进,为则必要其成。这副对联不仅说明了竹山书院名称的由来,同时又蕴含着治学与做人的道理。箦,指盛土的竹筐。山由箦进,就是积土成山的意思,强调学问和知识的积累。因为这所书院,这座弹丸之地的小山村变得厚重,让人敬仰和倾慕。这就是文化的魅力。

雄村多竹,民居的房前屋后,都是一丛丛竹子,竹林掩映,给这座隐藏在深山里的小村增添了浓浓的雅致气息。书院前有个空场,场边有一座桃花坝,坝前就是碧波荡漾的渐江。桃花坝上遍植桃树,到雄村最好的时光是在桃花盛开的季节。曹文埴《石鼓研斋诗钞》记:"竹溪有桃数百株,花时烂漫如锦,春和景明,颇堪远眺。"山水相邻,古木掩映,让人不禁从内心赞叹:这里读书的环境实在是太好了!

我在桂花圃里徘徊许久,这浓郁的桂花之香,就像徽州文化一样,让人沉醉。

紫阳书院

有一次我到徽州,对自己说,应该到古紫阳书院遗址去看看。到徽州的人,大多会去看古民居、牌坊群,很少会有人去寻找这样一座并不存在了的书院。笔者的乡贤、桐城派集大成者姚鼐就曾在此书院讲学。因这层因缘,怎能不去找寻一下遗迹呢?

于是,乘了辆载客小三轮。歙县是座古城,老城区街道非常狭窄,司机肯定习惯了,他开着车子飞一般穿街越巷。在车上,我会不时地看到一座座牌坊夹杂在古典或现代的民居里快速掠过。到了一座名叫"问政"的小山边,车停了下来。可是,这里除了几栋现代民居,我并没有看见书院的旧迹。于是我向一位正在井边洗衣的妇人打听。一看那井,我不禁吃了一惊,井台后有一块古碑,上面写着"文公井"三个大字。我这才确信书院的旧址就是在这里。因为朱熹的谥号是"文",人称"朱文公"。

得知我是来寻找书院的,当地的居民还指点道,围墙那边学校里还有一座书院的牌坊。原来,今天的歙县中学就坐落在古紫阳书院的遗址上。于是,我又沿着围墙走进歙县中学。穿过一栋栋教学楼和宿舍楼,在校园北面一个偏僻的角落里,我终于找到了"古紫阳书院"的牌坊。牌坊建于清乾隆年间,上面"古紫阳书院"五个大字,是当时户部尚书、徽州人曹文埴所题。牌坊太苍老了,摇摇欲坠,用一根方木支撑着。它有点像旧时的那些文人,在历史的大潮中,他们似乎从来就没有站稳过。就像这座书院所纪念的主人朱熹,他是一个温和且勤奋的文人,一生只做了四十六天的官,著述却有七十多部四百六十卷,朱子学说盛极一时。可是,这是幸还是不幸呢?先生的学说成了维护封建统治的工具,为此而惨死的人不计其数。这样的结果,肯定不是这个善良的老人所愿意看到的。

徽州的紫阳书院是全国著名书院之一，它最初的地址在歙县城南的紫阳山上。南宋淳熙六年(1179)，郡守韩补为纪念乡贤朱熹，提议在紫阳山上创建紫阳书院。紫阳，是朱熹的别号。后来，由于战乱，书院一度遭毁弃。元时，改府城南的江东道院复建紫阳书院。明正统九年(1444)，书院迁至县学右之射圃，自此一直未曾搬离。康熙和乾隆曾先后为书院题写了"学达性天"和"百世经师"两块匾额，可见书院的影响之大。

徽州人重视文化是真的。明、清两代，徽州共有书院五十四所，还有四百多所社学和无数的私塾，许多徽商倾尽家私兴办学校。据《明清进士题名碑索引》载，明代共有徽州籍进士三百九十二人，清代有二百二十八人。徽州被称为"东南邹鲁"，走出了许多出类拔萃的人才。

在歙县中学的大门口，矗立着一座高大的"甲第坊"，上面镌刻着状元、榜眼、探花、传胪、会元、解元等字样。对那些读书人来说，这些字眼以及它们背后的尊荣具有巨大的吸引力。我在"甲第坊"几步远的地方竟然发现了一块保存完好的下马石，上面刻着"凡一应满汉文武官员军民人等至此下马"字样。这儿大约就是古紫阳书院的大门。在清代，统治者一边对文化人倍加推崇，一边隔三岔五地弄一起"文字狱"，刚柔相济，收服那些远比前朝官员还难以收拾的书生。

最后的翰林

到唐模,是为了去看看许承尧故居。

唐模的自然风光不错,村口有一棵古槐。这棵古槐的知名度很大,它就是电影《天仙配》中为董永和七仙女做媒的那棵槐荫树。再向前走几步,就是一座"同胞翰林"坊。清康熙年间,唐模村许承宣、许承家兄弟俩,在十年之间,先后金榜题名,被钦点为翰林学士。这实在是这座小山村无上的荣光,难怪这座牌坊要立在村口。

差不多快要走尽唐模水街,才到了许承尧故居。故居位于一条极狭窄的小巷里,几进房子,一座小院,几丛竹木,倒也简朴。要不是有标示牌,让人无法相信这就是清朝最后一代翰林许承尧在故乡的隐居之所。

许承尧(1874—1946),近代著名诗人、方志学家、教育家和书法家。他于光绪三十年(1904)搭上封建科举考试的末班车,考中进士,成了最后一批翰林。许承尧是一位富于革新精神的教育家,是新式教育的探索者。他于光绪三十一年(1905)返乡,创办了徽州府立新安中学堂和紫阳师范学校。新安中学堂是全省最早创办的中学堂之一。辛亥革命之后,他又应安徽总督柏文蔚的邀请,督办全省铁路修建事宜。此后,他又到甘肃省为官多年。1924年,五十岁的许承尧彻底远离仕途,回到歙县。他当然是有自己的打算的。社会的变迁、世事的沧桑,让他感到疲惫不堪。回到家乡,他可以专心从事自己热爱的徽州文化事业。他主持修纂了一部上自秦汉、下至清末的大型志书《歙县志》，共十六卷。《歙县志》是我国方志中的精品，曾被誉为"中国四大名县志"之一。先生博览群书，广泛收集徽州地区人物、史事、艺文、世风、山川、名胜、逸闻，等等，汇编成一书，名《歙事闲谭》，是一部徽州乡邦文献的集大成之作。抗战时期，因形势危急，国民党驻军要炸毁歙县太平桥和岩寺文峰塔。先生听说后，不畏艰险，向驻军长官慷慨陈词，终于使这些珍贵文物幸免于难。临终之际，许承尧嘱咐子孙将他一生收藏的石涛、扬州八怪、郑板桥等名家的字画、文物古玩、敦煌佛经及万卷古籍捐给国家。这些藏品现为安徽博物院的馆藏精品。

  这就是徽州文化人，他们有着强烈的社会责任感和人文情怀。徽州舒适安闲的社会环境、山清水秀的美丽风光，天生的一个适合隐居的地方。但是，徽州并没有产生严格意义上的隐士。徽州文化人是积极入世的，但他们又不是激进的革命者，他们是胡适式的，是克己复礼的，以一种温和的方式履行着一个文化人的职责。像"带着一颗心来，不带半根草去"的陶行知，一生执着于平民教育；即使是提出"三纲五常"的朱熹，一个和蔼可亲的老头，他的本意也不过是想建立一种和谐有序的社会秩序；再如思想家戴震，四十岁才中举人，后应御命编纂《四库全书》，终于谋到用武之地。这样的例子还有很多很多。即使他们远离了政治中心，仍然以自己的方式承担着文化人的职责，著书立说，言辞滔滔，激情奔涌。他们没有逍遥世外，更没有一蹶不振。像程瑶田，九次乡试，九次败北，后痴心于学术，成为一代经学大师；如汪道昆，他一生中两次挂冠归里，在故乡一共生活了四十五年。在家乡，他完成了徽商研究的开山之作《太函集》一百二十卷。近年,还有民间学者考证提出,汪道昆就是《金瓶梅》的作者兰陵笑笑生,汪有感于徽州盐商们的腐朽生活,遂创作了这部警世之书。此说亦不无道理。总之,尽管徽州号称"桃花源里人家",但是,徽州文化人胸怀强烈的济世思想,形成了一种厚重深沉的人生气象。

这是一种生活方式。文化,在徽州文化人的眼里从来就不是一种附庸风雅和风花雪月的工具,而是一种高蹈的精神、悲悯的情怀和孤独的守望。

书香

对一个读书人来说,人生之中,再没有比坐拥书城更为惬意的事了。上下千载,古往今来,了然于眼前;人生悲欢,世间风情,浓缩于一页。读书,得心灵之慰藉,涤世俗之喧嚣,品人生之况味,悟生命之真谛。一卷在手,世间的种种烦恼便被遗忘得一干二净。古人有书中自有千钟粟、黄金屋、颜如玉一说,这是将读书功利化和世俗化了。子曰:"知者乐水,仁者乐山。"还可以补上一句:智者乐书。

读书就要藏书。明清时期,在徽州,在"藏金不如藏书"观念的影响下,出现了许多名闻天下的藏书家和刻书家,主要有马曰琯、汪文琛汪士钟父子、程敏政、鲍廷博、汪启淑、汪如藻、程晋芳、戴震等,其中,马曰琯、鲍廷博和汪启淑是向清代四库全书馆献书最多的三位徽州人。徽籍藏书家拥有雄厚的经济实力,他们大多出身于盐商之家,读书、藏书、刻书,哪怕为此倾尽家财,穷困潦倒,也在所不惜。在他们眼里,书是他们的文化宗教,是灵魂的皈依之所。

这里不能不提到歙县人鲍廷博(1728—1814)。鲍家世代业盐,富庶一方,到了鲍廷博这一代,他倾尽家资只为书。他先是藏书,三十余年收藏两宋珍本三百余种,并将藏书斋取名为"知不足斋"。接着,他开始校书、刻书,一生整理校勘的典籍超过千卷,刻书不下两百五十种,亦有上千卷。最具代表性的就是以搜集遗篇为主的大型丛书《知不足斋丛书》。鲍氏刻书极为严谨认真,每刻一书,必广借诸藏家善本,互相参照,然后一一注明,从不妄改一字。鲍氏晚年,嘉庆帝赐之以举人名号,以表彰他对收藏和校勘古籍所做的贡献。

徽州号称"文献之邦",休宁程敏政,家藏万卷,他编刻了徽州第一部地方文献总集《新安文献志》一百卷,《四库全书总目提要》评价此书:"故自明以来,推为巨制。"马曰琯是富甲一方的徽州盐商,不论是校勘古籍还是刻版印刷,马氏之书均质量考究,制作精良,声名远播,在书界有"马版"之说。他的藏书楼名叫"小玲珑山馆",藏书有十余万卷,"甲大江南北"。乾隆年间,四库全书馆开始征书时,其子先后三次共献家藏珍本七百七十六种,为全国私人献书之冠,其中收入《四库全书》的就有一百四十四部,另有二百二十五部被列入存目。马家因献书有功,受到乾隆皇帝的褒奖,御赐《古今图书集成》一部和其他书画作品三十多件。当时,全国获赏《古今图书集成》的仅有四家。还有一位为书献身的徽州藏书家程晋芳,进士出身,曾在吏部任职,任过翰林院编修,参与过《四库全书》的编纂工作。程晋芳与随园主人袁枚是好朋友,他还曾邀老乡吴敬梓到其家中观书数月,可见其藏书之丰。程晋芳只是一介文职,并不富有,但他倾尽家财,购书五万卷,以致穷困潦倒,一日三餐都难以为继,不得不投靠朋友。晚年的程晋芳贫困交加,最终,他在万卷书中满足而又带着遗憾地死去。

书,特别是珍本古籍的辗转流离,伴随着藏书家的命运变迁和人世沧桑。清代徽州布商汪文琛,寓居苏州,富甲一方。徽商好儒,汪文琛也不例外。他平生唯一的嗜好便是广搜图书,他的藏书楼名叫艺芸书舍。黄丕烈是乾隆和嘉庆年间著名的藏书家、古籍校勘家和出版家,一生只为书而活着,是当时宋版藏书的翘楚,经他校勘而留下题跋的珍本,有九百种以上,凡有"黄跋"的典籍,身价百倍。黄丕烈死后,他的那些书像没有了娘的孩子,开始流向社会。汪文琛经济实力雄厚,趁机大量收购,除了黄丕烈收藏之书外,吴中其他藏书名家如周锡瓒、袁廷涛等家的古籍,也悉数归汪文琛所得。一时间,汪文琛的艺芸书舍珍本善册荟萃,成为一座浩瀚的书海。汪文琛死后,其子汪士钟成为艺芸书舍的主人。只不过,这些书,也不过像寄寓的客人一般,在艺芸书舍寓居了四十余年时间,在咸丰年间尽数散出,又被其他藏书家购走。

这些珍贵的典籍,同那些价值连城的珍宝一样,是没有永恒的主人的,它们只属于时间,属于永远。徽州藏书家们散尽家财,维系着那流浪的悠悠一脉书香,使它们暂时找到了栖息之地,并用生命守护着它们,直至在书香中满足地杳然而去。

黄丕烈说,"三更有梦书当枕",书就是他们的梦。宦海的沉浮、生意场上的争斗、人生的无常，从大商人、大官员，到一名普普通通的落第书生，他们选择藏书作为人生的最终追求，体现了一种文化理想，一种温暖心灵的墨香之梦。

纸墨兄弟

宣纸和徽墨，是徽州大地上的一对孪生兄弟。不是吗？宣纸的原料，离不开青檀。徽墨有两种，一种是松烟墨，离不开松树；还有一种是油烟墨，离不开桐树。宣纸和徽墨，都是树的子孙。

关于宣纸，在皖南泾县流传着一个古老的传说：东汉时，蔡伦的徒弟孔丹在皖南造纸，他想造出一种可以传载千年的好纸为老师画像。但是，他经过多年努力，未能如愿。一天，他无意中看到山涧边被砍倒且已经腐烂的檀树，檀树纤长洁净的纤维随着流水漂动。他眼睛一亮，这不是造纸的最好原料吗？于是，孔丹经过反复试验，宣纸诞生了。

檀，一种《诗经》中就有记载的古老植物。"坎坎伐檀兮，寘之河之干兮，河水清且涟猗"，就是那些从劳动的号子中，从《诗经》的上游漂来的青檀，经过孔丹们的努力，号称"纸中之王"的宣纸出现了。它的出现，令中国古代文化幽深的夜空一下子就亮了，那些文化大师照亮人类灵魂的思想和学说、书画家们空前绝后的灵感和才情，从此找到了载体，找到了家，得以薪火相传。

同宣纸一样，徽墨的诞生，也是徽州山水及其物产自然选择匠人的结果。唐末"安史之乱"，北方大批躲避战乱的平民，在猎猎烽烟中告别家园,渡过黄河,南下逃生。在这股浩大的难民潮中,就有北方易州著名的墨工奚超和他的儿子奚廷珪。奚氏父子逃到歙县,看到这里万山之上茂盛的松林,万壑之中奔涌的溪水,这些都是天然的制墨好原料啊,他们从内心发出如释重负的呐喊:奚墨有救了!于是,父子俩结庐于野,重操旧业,利用松烟制墨,不断改进工艺。很快,"丰肌腻理、光泽如漆"的第一批产于徽州的奚墨出来了。世人震惊了,热衷于文化的南唐后主李煜赐奚氏国姓"李"。从此,新安香墨名满天下。

说到李煜,不能不提到这个悲情的帝王对宣纸发展所做的贡献。五代十国时,纸的天下群龙无首,这时,皖南宣州出现了一种宜于书画的"肤如卵膜、坚洁如玉、细薄光润"的特种宣纸。李煜,这个对政治一窍不通的艺术天才在得到这种宣纸后,视其为珍宝,并特辟"澄心堂"来贮藏它,还设立了专门机构来监造生产这种高档宣纸。从此,宣纸在历史上有了一个高贵的名号"澄心堂",并很快从皇宫走向民间。据说,北宋欧阳修、梅尧臣、苏东坡等文学大家,在第一次看到这种"滑如春冰密如茧"的宣纸时,吃惊不已,疑为天物。

"澄心堂纸、汪伯立笔、李廷珪墨、枣心砚",历史上被称为"新安四宝",无比珍贵。自唐以后,徽州已成为我国古代制墨、造纸的中心,文房四宝名扬四海。徽州作为一个经济并不发达的山区,到明代中叶,已成了全国四大刻书中心之一,其盛势绵延数百年。

宣纸成为皖南特产,与这里的山水有关。据说,日本人在20世纪80年代处心积虑地偷走了宣纸的生产工艺。可是,又有多大用呢？他们能偷走徽州大地上成千上万的檀树林吗？能偷走徽州永不枯竭的山泉吗？日本产的宣纸，只能算是个营养不良、严重贫血的克隆儿。

我曾去过绩溪的上庄村，在通向胡适故居的一条小街道上，有几间很普通的旧房子，那就是徽墨大家胡开文的纪念馆。胡开文本名胡天注，他取孔庙金匾"天开文运"中间两字，冠以姓氏，作为自己的品牌，终于打出了一方天下。胡开文纪念馆就是大师昔日在乡野山村的居所，其格局一直保持原样，低矮、简陋、狭窄，这再次印证了大师来自民间的那句俗语。

文峰塔

人们在说及徽商的时候，都说徽商是儒商，或者说左儒右贾、亦文亦贾。他们一手拨打着算盘，一手捧读着经书，温文尔雅、风流倜傥。体现在商道上，就是"诚、信、义"三字经商之道，这是徽商的立商之本。徽商在通过商业解决了生存问题之后，并没有培养大量的商业接班人，而是着眼长远，普遍把培养子弟读书作为第一要紧的事情，倾力为之。"虽十户之村，不废诵读。"徽商的儒性，说穿了，正是他们心中难以割舍的功名情结。在骨子里，他们还是想做一个金榜题名、科举及第的读书人，顺利地进入官宦阶层，以此显祖扬名。

徽商对教育的重视是空前的，他们一掷"万"金，兴校办学。古紫阳书院重建时，两淮大盐商慷慨捐出七万银两，大盐商鲍志道一人就捐出万余两。徽商汪应庚出资五万银两重建扬州府学江甘学宫,并购买良田一千五百亩,作为江甘学宫的田产。明朝两浙巡盐御史叶永盛在杭州创建崇文学院,便于在杭的徽商子弟在此就读。后来,徽商子弟在两浙做官的,大都出自崇文书院。类似的例子不胜枚举。我在潜口民居见到一副原状保存的明代民居对联:"欲高门第须为善,要好儿孙必读书。"类似的对联在皖南各地还有很多,如"绵世泽莫如积德,振家声还是读书""几百年人家无非积善,第一等好事只是读书",等等。通过这些对联,可以看出徽州人对读书至高无上的推崇。

和其他商帮相比,为什么徽商会如此重视和推崇文化呢?为什么一个山高地远的徽州会走出大量人才?很长时间,我一度对这个问题感到有些费解。在对徽州文化进行了更进一步的接触之后,才发现,这主要与徽州大族有关,与他们先祖曾经的辉煌有关,与他们客居的身份有关,与中国历史上商人的地位有关。

在魏晋之前,徽州一直是山越荆莽之地,山清水秀,风光绝佳,自然灵气十足,但是文化气息十分微弱。从两晋开始,中原地带一系列大规模的战乱开始了,从两晋的"永嘉之乱",到唐朝的"安史之乱"、黄巢大起义和两宋之间"靖康之乱"等,使封建王朝一度摇摇欲坠,世代生活在中原地区的衣冠贵族遭到沉重打击。峨冠博带的贵族尊荣,钟鸣鼎食的王侯生活,在一系列的血腥战火中化为乌有。家园丧失、生命堪忧,他们不得不考虑基本的生存问题。于是,在经过痛苦的抉择之后,他们带着家人,卷起残存的金银细软,挑着书籍和家谱,选择了逃离。中原地区大规模的人口大迁徙开始了。他们渡过黄河,越过长江,一路向南,一路坎坷。终于,他们来到了桃花源一般的徽州。

徽州的秀丽山水让这些狼狈不堪的中原士族长长地舒了一口气。他们就此歇息了下来。接着,一批批中原大族陆续到来,徽州人口急剧增长。他们很快就发现,这里山多田少,生存艰难,要想活下去,还要另谋生路。他们又不得不再次走出家门,于是,影响中国数百年的大型商帮徽商就这样应运而生。

这些中原士族在逃难途中,必定带着两样东西。一是家谱。家谱能证明他们高贵的出身,能说明家族的荣耀,没有家谱,就是忘宗背祖,成了没有根的人。二是书籍。书籍是这些落魄的中原士族将来重振山河的资本。次第来到徽州的大姓有方、王、江、萧江、许、吕、朱等二十多个,每个大姓都来自中原地带的豪门巨族,都曾有过盛极一时的辉煌。这些中原士族大多出身权贵,养尊处优,满腹经纶。他们来到徽州,并不甘心居于这穷乡僻壤,都试图找回昔日家族的荣耀,重返政治舞台。当时,唯一能实现他们理想的途径就是科举。这样,对子孙的教育就受到了空前的重视。后来的事实也证明,这些中原士族是有眼光的,他们取得了成功。

徽商是红顶商人,与官员的结交使他们通过权力很轻松地获取巨额利润。特别是徽商的顶层人物盐商,与政治更是密不可分。徽商对政治的过于依赖,促使他们想方设法让自己的子孙跻身这一特权阶层。另外,中国长期的抑商政策,商人地位低下,也在客观上促使徽商为自己的子孙另谋生路。

徽商以商养文,以文促商,徽州在明清时期终于迎来了持续数百年的文化高峰。徽州文化与敦煌文化、藏文化一起并称为中国三大地方文化。如果不是文化,在连徽州市行政区号都撤销了的今天,还会有多少人记得曾经显赫一时的徽商呢?

在歙县的岩寺镇的河边,矗立着一座文峰塔。在民间传说里,宝塔一般是用来镇河的,防止洪水泛滥。但文峰塔还有着另一层寓意,建塔者构想了一幅文房四宝图:以塔为笔,以塔台为砚,以桥为墨,以田为纸,寓意文运昌盛,人才辈出。

我是在一个黄昏时分来到岩寺的。走近这座历尽风雨沧桑的文峰塔,我感觉自己像是回到了旧时的徽州,沉浸于弥漫在大街小巷的文化清香里,无力自拔。

如今,有人常常问道,今天的徽州在哪里呢?我们能否说,徽州,就在墨香、纸香、书香和茶香里?清香徽州,它深沉厚重的历史文化底蕴,使它成为一片充满神奇和令人敬仰的土地。

徽州女人

在古老的徽州，
有一个女人，或一群女人，
是这样生活的……

这是黄梅戏《徽州女人》开场时的几句话。有人说，徽州女人是东方最神秘的女性。其实，有什么神秘的呢？她们同所有的女性一样，渴望爱情，渴望一个完整的家。这是一群一生都在等待着爱情的女人，她们等啊等，直到把自己等成了一座座牌坊。

一

徽州，像一幅古朴安详的桃花源画卷，又像一座露天的明清古建筑博物馆。自20世纪末以来,随着徽州文化研究的兴盛,随着西递、宏村被列为世界文化遗产,特别是随着黄梅戏《徽州女人》的成功上演和一批徽州题材影视剧的热播,徽州旅游市场日趋火热,一批又一批游客前来徽州观光览胜。

然而,真正的主角已经缺席。

在我看来,徽州老房子的真正主人应该是徽州女人,而非徽商。徽商只是创造了它们,而徽州女人,却与这些老房子相伴一生、守候一生。

每一个到过徽州的人,都惊叹于那些在凄风苦雨中矗立的贞节牌坊。与这些牌坊有关的徽州女人,她们的一生,有着怎样惊心动魄的故事?作家萧红说过:"我一生最大的痛苦和不幸却是因为我是个女人。"这句话用在徽州女人身上,同样再恰当不过了。"一世夫妻三年半,十年夫妻九年空",一生独守空房的徽州女人,为了让丈夫在外安心经商,做出了巨大的奉献和牺牲。徽商习俗"三年一归",三年才回家探亲一次。由于生意失败或忙碌等原因,五年、十年乃至几十年才回一次家的现象并不鲜见。徽商长期不归家,后方的稳定就显得尤为重要。这样,留守在家里的徽商妇人们肩上的担子更重了,她们要耕田种地、照料公婆、抚养孩子,含辛茹苦。晚上或者是农闲时分,没日没夜地纺织、做手工,以赚取生活之需。康熙《徽州府志》云:徽州"妇人尤称能俭,居乡者数月,不占鱼肉,日挫针治缝纫绽……徽俗最能蓄积,不至扈漏者,盖亦由内德矣"。中国古代女性的传统美德在她们身上得到了集中体现,她们是人性美的代表,美丽、善良、仁爱、坚强、奉献、勤劳俭朴、忍辱负重。在徽州女人身上,最突出的特点就是顽强、坚韧。这种顽强和坚韧的品性,使得她们在家庭和人生发生重大变故时,能顶住压力,冷静面对,徽州女人千里扶柩、立节完孤、抚子敬老的故事,层出不穷。她们几十年如一日地禁锢自己,长期过着独守空房的生活,乃至孑然一生。由于长期过度劳累和凄苦的生活,徽州女人的平均寿命是很短的,有人做过统计,只有四十岁左右,她们中的大多数人都是早逝,凄然而终。

而对于一生凄苦的徽州女人的最高补偿,不过是一块牌坊而已。

徽州被称为程朱阙里、礼仪之乡。理,核心的思想是"存天理,灭人欲",二程进一步具体地诠释为"饿死事小,失节事大"。关于礼,费孝通先生在《乡土中国》中说:"礼治社会并不是指文质彬彬……礼也可以杀人,可以很'野蛮'。"徽州女人深受封建礼教迫害,出现了大量的贞妇烈女。徽州人赵吉士曾感慨地说:"新安节烈最多,一邑当他省之半。"徽州女性被剥夺了几乎全部的社会权利,甚至在祭祀祖先的时候,她们也只能远远地站在宗祠的外面。然而,就是在这样如此残酷和恶劣的生存环境下,徽州女性凭借着自己的聪明才智和艰苦努力,涌现出了许多诗人、艺术家、教育家、小说家和评论家,尤其可贵的是,还出现了一批为女性解放而奋斗的革命家。徽州女性对徽州文化乃至于中国文化做出了应有的贡献。

作为与敦煌文化、藏文化并称为我国三大地方文化的徽州文化,其研究也日趋火热,正在成为一门显学。"徽州女人"是徽州文化中一个最具文化内涵、最具震撼力和最具现实启迪意义,同时也是最容易被忽略的文化课题。作为一种历史文化现象,"徽州女人"这一特殊的群体完全值得更加深入地研究。

二

"天下之民寄命于农,徽民寄命于商",古徽州地处偏僻,山多田少,地瘠难耕,民众温饱尚且不易,何来经商资本呢?据许多资料记载,徽商的原始资本中,不少都依赖于祖母、母亲、妻子等家族女性的资助,她们倾尽嫁妆、首饰和平时的手工所得,毫无保留地交给丈夫。徽商就是以这些微薄的资本为基础,然后渐渐做大做强。

三朝元老许国幼时家境极贫。他在《母孺人事实》一文中,写到了在自己幼时,母亲是如何支持父亲从商的:"孺人既归先府君而食贫,则劝先府君贾。先府君贾无以为资,则倾奁资之。"正是依靠母亲的嫁妆,许国的父亲才拥有了原始资本,然后再开始滚雪球一般越做越大。在徽州的地方史志、谱牒和徽州文人的个人著述中,类似的记载比比皆是。如《丰南志·存节公状》中记载:"公乃挟妻奁以服贾,累金巨万。"歙县《许氏世谱·明故叔祖母孺人王氏行状》中云:"东井霞时,未尝治商贾业,孺人脱簪珥服麻枲以为斧资。"《溪南江氏族谱·赠安人江母郑氏行状》云:"驾部公负丈夫气,居常叹曰:'吾欲力农,吾乡田少,比岁凶,农安可为也;吾欲力贾,吾家薄,无以具资齐,贾安可也。'安人从容请曰:'乡人贾者什九,君宁以家薄废贾邪?'乃脱装奉驾部公,佐公贾。"

徽州女人"脱簪""脱装"资助徽商创业,可见徽商起步是如何艰难。前些年有民间学者考证《金瓶梅》中西门庆的原型就是徽商吴天行。富可敌国的西门庆是如何发家的呢?西门庆是在娶了孟玉楼、李瓶儿之后,得了两笔巨额嫁资,以此作为经商资本,然后才购置店铺,扩大经营,勾通官府,迅速暴富起来。西门庆经商的起步方式,也为他可能是徽商原型提供了一条佐证。

按照现代商业的理解,原始资本投资是一项重要的投资,徽州女性实际上等于间接参与了徽商的创业。

三

长期以来,人们对历史上徽州女人的习惯看法是,她们是一群贞孝节烈、忍辱负重、默默付出的贤妻良母,同时,她们就像徽州大地上那些沉默的牌坊一样,是一群没有个性和整体失语的女人,是一群待在高墙深院里,望着四四方方的天井守着活寡的女人。徽州女人,更多的时候是人们同情和怜悯的对象。

不能说这种看法不对,但是,起码,它是有失偏颇的,不够准确和深入。数百年来,人们对徽州女人的评价大多集中在她们的传统美德和贞孝节烈方面,而对她们在文学、艺术、教育等方面的贡献则较少涉及。市场上关于徽州文化和徽商之类的书层出不穷,这固然是有原因的。一方面,人们都过于关注徽商头上的光环,毕竟他们曾经创造了巨大的物质财富。相比之下,徽州女人就成了站在男人们影子里的配角；另一方面，由于史料的缺乏，阻碍了人们对徽州女人进行深入的认识和研究。

徽州是儒学重地，教育发达，书院、私塾遍布城乡，但这都是针对男人们的，古代女性从小就被剥夺了受教育的权利。但是，仍有一批徽州才媛凭借着自己的聪明才智，创作出一大批优秀作品，为徽州文化做出了独特的贡献。安徽大学出版社出版的《徽学》第四卷中，对历代徽州女性作家进行了统计，有一百二十余人。歙县女诗人鲍印等还是随园女弟子，其他如吴藻、何佩芬、何佩玉等，则是继袁枚之后女性文学的推动者陈文述的女弟子。程淑和丈夫汪渊是徽州著名的"伉俪诗人"，合著有《麝尘莲寸集》四卷，这是一部奇特的书，全书二百八十四阕词十五万字，全由历代词作集句而成。虽是集词，却浑然天成，自成风骨与境界。光铁夫的《安徽名媛诗词征略》中，徽州地区女性诗词作者占了全省近三分之一。徽州经济的繁荣与藏书刻书业的发达，为徽州女性文学创作的发展提供了良好的外部条件。

徽州士子洪亮吉在《北江诗话》中对徽州女诗人有这样一段评价：

> 闺秀归懋昭诗，如白藕作花，不香而韵。崔恭人钱孟钿诗，如沙弥升座，灵警异常。孙恭人王采薇诗，如断绿零红，凄艳欲绝。吴安人谢淑英诗，如出林劲草，先受惊风。张宜人鲍茞香诗，如栽花隙地，补种桑麻。

洪亮吉的这段文字,用生动形象的语言,分别对五位徽州女诗人归懋昭、钱孟钿、王采薇、谢淑英、鲍茝香的作品进行了总体评价和肯定。同时,洪亮吉还为多位女诗人的诗集作序,积极推动徽州女性文学的繁荣。徽州女作家的诗词作品,有一个鲜明的共同特征,就是以闺怨伤怀为主要内容的诗词占主流。这是徽州女性生活的直接反映,她们在诗词中伤时感怀,抒发离愁别恨,表达内心的苦闷和压抑。徽州女性诗词表现了历代徽州女性的心路历程,对研究徽州女人和徽州文化有着重要意义。

邵振华是目前所知道的徽州唯一的女性通俗小说家,作品主要有长篇小说《侠义佳人》初集和中集各二十回。初集和中集分别刊行于宣统元年与宣统二年,下集未见刊行。小说以晓光会青年女性孟迪民创办女校为中心线索,揭露了当时女性凄惨的命运和黑暗现实,展开了一幅广阔的晚清底层社会画卷。中国古代戏曲评本中,有一部十分独特的评本,它就是被复旦大学教授江巨荣称为"古代戏曲、文学中的第一奇迹"的《才子牡丹亭》,此书作者就是徽州程琼、吴震生夫妇。目前,《才子牡丹亭》已被越来越多的学者重视。徽州还有一位不得不提的女性戏曲作家,她就是何佩珠。她也是目前所知道的徽州唯一的女戏曲作家,著有杂剧《梨花梦》。该剧在明清戏曲史上占有重要地位。

提起徽州画家,我们都会想到在中国绘画史上影响久远的新安画派。新安画派有三百多位画家,可谓名家辈出。徽州女性画家也有不少,而且成就不凡。清乾隆时女画家吴正肃,歙县丰南人,《清代画史补编》称其"善临石田(即明代画家沈周)山水,笔墨苍劲,不相上下"。"扬州八怪"之一的罗聘之妻方婉仪,是清代徽州为数不多的女画家之一。罗家三个儿女均是清代有名的画家,形成了清代画史上有名的"罗家梅派"。吴淑娟是清末民初名动一时的著名女画家,画作曾参加意大利博物会,被誉为绘画大师。还有集画家、诗人与书法家于一身的休宁人汪亮,《安徽人物大辞典》中云:"亮好学多能,善诗文书画。所画山水,轻俊秀润,设色淡雅,有清逸之致。"

四

尽管徽州教育发达,徽商也非常重视子女教育,但这主要是针对男人们的,"女子无才便是德",她们被剥夺了受教育的权利。由此,徽州女性"偷学"的故事屡屡流传于民间。到过黟县宏村的,无不惊叹于其水系设计之巧妙。它的主持者是一位女性,名叫胡重娘。胡重娘的父亲是位堪舆家,其父一心想把满腹学问教给两个儿子,没想到,儿子没学成,倒是在一旁偷听的女儿听了个一清二楚。胡重娘后来主持设计的宏村水系,成为人与自然和谐相处的经典之作。绩溪女汪瑞英小时候以陪伴两个弟弟为由,在私塾门口佯做女红。其实,她把心思全放在老师的讲解上。晚上,她让弟弟们教自己读书写字。等父亲发现她在偷学时,汪瑞英已能熟诵弟弟书上的课文,并能写出一手秀丽的小楷了。

旧时,除了一些官宦之家和书香门第的大家闺秀能有读书识字的机会外,普通女性是无缘的。20世纪初,随着女性解放运动的勃兴,万山丛中的皖南也酝酿着一股教育新风,一批先知先觉的女性教育家应运而生。这些启蒙者,四处筹资,有的不惜拿出嫁妆,创办女学,发表演讲,徽州女性从此步入知识时代。

上文提到的"偷学"的汪瑞英后来成为徽州地区著名的教育家。光绪三十一年(1905),汪瑞英受陈独秀主编的《安徽俗话报》的启迪,在绩溪创办城西女塾,专招女子入学,开徽州地区女性学校教育之先河。城西女塾十年后改为县女子小学,学生增至百人。后来申请政府拨款,加上个人募捐所得,新建了校舍楼,并更名为绩溪县第一女子小学,黄炎培题写校名,是徽州地区第一所女子完全小学。汪瑞英和她的女儿章笑如还是徽州地区妇女解放运动的先驱。汪瑞英民国九年(1920)倡导成立"人足会",推动女性放足运动,成为徽州妇女解放之先声。章笑如受母亲影响,致力于倡导女性文明新风,后被公推为绩溪妇女解放协会会长。

徽州地区女性教育家还有很多。歙县女吴言吾,曾独资创办歙县毓秀女校,免费招生,自任教员和校长。休宁女程侠,在海外任教数年后回国,以私人积蓄在休宁县城创办德智初级小学。在这些女性教育家的影响下,徽州地区乡村女校蓬勃兴起,女子上学成为一股不可阻挡的文明新风。被称为"近三百年来最后一位女词人"的吕碧城,更是女子解放运动的急先锋,她在《大公报》上连续发表了一系列宣传女子解放与女子教育的文章。后经严复、英敛之举荐,吕碧城出任北洋女子公学总教习,为推进近代女子教育做出了积极的贡献。

徽州女人并非都是逆来顺受,她们当中产生过侠义佳人、叛逆者,也产生过女英雄、女革命家。明代有勇杀敌将的歙县抗清奇女子毕著,近代有在"三一八"惨案中罹难的女英雄刘和珍,还有在红色革命中牺牲的"红军婆"李荣花等。从她们身上,我们可以看出徽州女性身上刚性的一面。

五

一代徽州女人走远了,她们的故事和传奇葳蕤如草,她们留给人们的思考和感慨是空前的。徽州女人,她们是一群伟大的女性,她们将成功和辉煌留给了男人,留给了徽商。这是一群无比坚强的山里女人,玉为肌骨铁为肠,她们柔弱的肩膀,也是一座山,男人背后的山。

作为一个男性,你不能不了解徽州女人的故事,她们的坚强个性和忘我牺牲精神,会让人从内心产生崇敬和尊重;作为一个女性,你更应该知道徽州女人的故事,知道历史上有过这样一群特殊的女性,她们的情感和人生有过怎样艰难和痛苦的历程。

汤显祖说:"一生痴绝处,无梦到徽州。"徽州,是桃花源里的故乡、诗意的天堂和梦想栖息的地方。

一生要去的地方:徽州;一生必须要了解的人:徽州女人。

第二辑 书生意气

流放或飞翔的诗心

那是一个惠风和畅的春天,桃花盛开,芳草萋萋。一叶小舟顺流而下,你站在船头上,手抚剑柄,目视前方,眼里写满了悲怆。你从郢都而来,一颗滚烫的诗心,被谗言和恶政所攻讦,早已体无完肤。走就走吧,一路行来,前方就是楚国的边地陵阳,再也无处可去了。江浪在你的长衫上绽开了一朵朵小花,像是欢迎你的到来。你的心情难以平静,一声浩叹闪电般划过长空。

江山有恙,诗人怀疾远行,身后落英缤纷。

这是一座富庶、美丽和温暖的小镇。往来通衢,商号林立,河里舟来楫往,街上车水马龙,整日里市声喧嚣。然而,在你眼里,他们不过是为稻粱谋的引车卖浆者流,或汲汲钻营奔走四方的招摇之士。没有人能读懂你眼里的忧虑。你经常独自登上东山之巅,徘徊在长江之畔,满头乱发飞舞,遥望着郢都的方向,大声地吟诵着自己的诗句："心不怡之长久兮,忧与愁其相接。惟郢路之辽远兮,江与夏之不可涉……"陵阳山如涛起伏,南流河兀自奔涌,这些呕心沥血的诗句,是一颗颗饱满的松子,掉入山的皱褶里,落入流水的波纹间,它们散落四方。诗也是会发芽的。

你在陵阳的街上走着,忧心如焚,没有人知道你因何而痛苦。郢都远在千里之外,一颗被流放的诗心,照亮了楚国边陲这座名叫陵阳的小镇。你在这里一共生活了九年,依靠诗歌打发着漫漫长夜。九年里,你写下了《涉江》《哀郢》《抽思》《远游》《思美人》等名诗。特别是《哀郢》,清晰地描述出了你在陵阳的生活状况。"当陵阳之焉至兮,淼南渡之焉如?"面对着陵阳,还能到哪里去呢?江水浩渺南渡到何方?郢都那些让你望之而太息的高大楸树呢?此时,一棵也看不见了。黄钟毁弃,瓦釜雷鸣。那位劝你随遇而安的渔父呢?你真的想和他再辩论一番,何为清,何为浊;何为醉,又何为醒。"带长铗之陆离兮,冠切云之崔嵬,被明月兮佩宝璐。"从此,在古典中国,你镌刻并定格了诗人的肖像:腰悬长铗,头戴云冠,披明月之珠,身饰美玉,旁若无人,孑然而行。

傩,人有难,求于神。魂兮归来,故园在荒芜,诗心在流浪。那些戴着各式柳木面具围着火堆起舞的人群中,哪一个是你?无法寻觅你的踪影,只看见火在燃烧,诗心在燃烧。用君之心,行君之意,那是龟壳和蓍草都无法揣测的深度。火堆里是没有阴影的,唯有此时,你的心头才一片温暖和光明,仿佛,从来没有受伤过。

陵阳因你而名。此后,来陵阳的人,无一例外地都在寻找着你的身影和足迹。那个挟长铗冠切云的人呢?他到哪里去了?是去涉江还是招魂,是种豆南山还是登东山之巅长歌?这些都不重要了。重要的是,你来过,在这里生活过,留下了一颗忧愤的诗心。火还在燃烧,热度仍在,你仿佛刚刚离开。

诗人们来了。谢宣城在《将游湘水寻句溪》中写道:"既从陵阳钓,挂鳞骖赤螭。"他感觉自己像是跟随在得道成仙的陵阳首任县令窦子明身后,钓得小白龙,然后骑之偕游仙境。寻湘水,谒苍山,追觅屈子遗踪。"山积陵阳阻,溪流春谷泉",山势巍峨,溪流春谷,物我相融,这是一幅多么和谐的山水画图!离开宣城几年后,谢朓就死于政治倾轧。诗情画意的陵阳,成了他短暂一生最为美好的记忆。

李白也曾多次驻足陵阳。据说,陵阳上街山县衙遗址原门坊上的石刻"香池里"三字即是他所书。"白龙降陵阳,黄鹤呼子安。愿随子明去,炼火烧金丹。"唐天宝十二载(753),李白游陵阳山寻窦子明得道升仙遗迹,不无仰慕地写下了这首诗。真的能得道成仙吗?尘世里的诗人,尘埃里的诗心,渴望着升天,不过是向往一种无拘无束的飞翔吧?谢朓是,李白是,稍后而至的杜牧是,无数知名和不知名的诗人也是。所以诗人一般善饮,在凡人和仙人之间,缺的往往只是一樽酒。

春秋的水,战国的风,汉唐的镇,明清的建筑,现代的人,这是人们对陵阳的描述。两千多年后,我们也来了,一群在江南的山水中寻寻觅觅的书生。古镇是安静的,南流河缓缓地流着,两岸是一栋挨着一栋的枕河人家。几座圆拱石桥,石缝间挂满青藤,连接着此岸和彼岸。登临古桥,举目四望,目之所及,古意盎然。几棵古树显然也看见了我们,它们波澜不惊,见怪不怪,早已习惯了来来往往的人群。

陵阳西侧有一村,名曰"所村"。所村,群山环拱,河溪潆洄,百姓安居,东木、西金、南火、北水,土居其中,有得其所之意,故名"所村",多么意味深长的名字。人活一世,草木一秋,终日矻矻,孜孜所求者,不过栖身之所。身要得其所,心更要得其所。身之其所易得,心之其所难求。陵阳就是这样的好地方,一处收留身心的乐土。所村即陵阳,陵阳即所村。

太平山房是一座古祠堂,坐北朝南,背依龙王山,南临清溪水,巍然耸立,庄严肃穆,像一个不苟言笑的老夫子,长年累月地端坐在村口。太平山房,白墙黑瓦,忠奸善恶,是非分明。旧时,祠堂一度用作学宫。在这里读书的子弟是有福的。读骚,读《三坟》《五典》《八索》《九丘》,读《诗》《书》《礼》《易》《春秋》,凤台松影,女峰夜月,山川有幽兰之气,里巷有诗书之香。陵阳多祠堂。此地有八大姓,曹、宁、李、谢、陈、鲍、章、林,合族而居,环山而列,孝悌忠信,诗礼传家,子孙繁茂,甚于山林。

陵阳有谷名"神龙",不知是否得名于窦子明骑龙成仙的传说,但这并不重要。峡谷很长,神龙见首不见尾,谷内林木繁茂,古树参天。置身于谷内,处处能听见流泉飞瀑的声音,流水冲击着石头,或如飞珠溅玉,或如虎啸龙吟,山鸣谷应,妙不可言。"沧浪之水清兮,可以濯吾缨;沧浪之水浊兮,可以濯吾足。"渔父的歌声犹在耳畔,水流了几千年,两岸的行人蝇飞蚁聚,清者自清,浊者自浊,来者自来,去者自去。

青阳翠峰寺有座古茶园。史上,有高僧曾于此制茶两盏,一曰梦觉香,一曰朝九华。山雾变幻,佛号经声,劫波度尽,大梦觉醒后,陪伴自己的,外有清风朗月,内有诗书茶香,如此足矣,夫复何求?茶园里,常有坐在石头上专心读书的人,不想归去,不知归处。他们也像一棵棵茶树,有着古意和诗心。

青阳有戏曰"青阳腔"。腔源于弋阳,演绎的无非是史书上的故事,无非是把平常的日子搬到了戏台上,无非是恩恩怨怨、爱恨情仇。可原汁原味的弋阳腔到了青阳,在这里的山水和民间转了一圈儿,奇怪的是,它就多出了点东西,变成了青阳腔。滚调如屈子问天,像神龙出谷,云蒸霞蔚,滔滔不绝,声震寰宇。有恨,疾之如仇,刻骨铭心;有爱,念兹在兹,锥心刺骨;有盼,望眼欲穿,终成泡影。

在陵阳,我们小心翼翼地移动着步子,唯恐惊动了什么。我们的沉默多于诉说,在一部厚重的史书面前,说什么都显多余。南流河里,菖蒲茂盛,它们的生长,自带侠气和肝胆;你走过的坡地上,艾草绿了,植物活出了君子模样;你伫望过的东山,山峦起伏,天高地阔,长风浩荡。山水之间,街巷阡陌,年年岁岁,诗心常在,葳蕤如新。

厚积落叶听秋声

抗战开始后,一些高校纷纷南迁,武汉大学从武昌迁到了四川偏僻的小县乐山。朱光潜时任武大教务长兼外文系老师。一次,几名学生受邀到朱光潜家中去喝茶。当时正值秋天,朱光潜家中的院子里,积着厚厚的落叶,走上去飒飒地响。一个男生见状,拿起一把扫帚,说:"我帮老师把这些枯叶扫掉吧。"朱光潜赶紧制止说:"别别,我等了好久才存了这么多层落叶,晚上在书房看书,可以听见雨落下来、风卷起的声音。这个记忆,比读许多秋天意境的诗更为生动、深刻。"这就是朱光潜厚积落叶听秋声的故事。

要知道,当时可是战乱时期。物资匮乏,生活艰难;日寇的飞机像苍蝇一般,到处狂轰滥炸;武大一千多名师生被困在川西这座三江汇合的小城里。就是在这种情境之下,朱光潜仍保持着一个中国传统文人的生活雅趣,实属难得。他有一颗坚强的诗心。

某出版社选编了一本朱光潜的散文集,并根据这件趣事归纳出一句"厚积落叶听雨声"作为书名,同时将朱光潜劝阻学生不要清扫落叶的那几句话也印在了封面上。这个书名并不是很妥当。当学生要清扫落叶时,朱光潜的回答是,可以听见雨落下来、风卷起的声音。书名只提到了雨声,那风声又如何着落呢?所以,还是说"秋声"比较好。"秋声"比"雨声"更能全面准确地概括朱光潜的原意。

1938年10月,武汉沦陷后,原武大校园已被日军辟为侵华中原司令部。野心勃勃的军人代替了往日活跃在校园里的学生,冷硬的军靴声和口令声代替了琅琅书声和欢声笑语。这是多么凄凉的景象。

在乐山,武大的临时校园就设在县城的文庙里。朱光潜每天的生活基本上是这样的,早晨七点多出门,从租住的地方赶往学校上课。他身着布衫,个头不高,身子瘦弱,头发梳得一丝不乱,手里拿着一根粗藤拐杖,腋下夹着一个旧皮包,总是低着头,目不斜视,行色匆匆,像一个从古书中走出来的老夫子。实际上,他那时也不过才四十来岁。从住处到临时校园,朱光潜每天来回四趟,几乎都有一定的时间,一定的路径。所以,街坊上有人把他的出现当成报时的钟表。看见朱先生走过来,就估摸着是到了该吃中饭,或是该吃晚饭的时间了。

在乐山,朱光潜的生活可以称得上"艰难"二字。他工作繁忙,白天到学校处理公务、上课、开会,直到晚上才筋疲力尽地赶回来。他的居住条件不好,与妻子和两个女儿挤在一间卧室兼书房里。

每天晚上,他差不多要到八九点钟,等家人们都睡熟之后,他才能开始自己的工作。所以,他经常是一边听着妻女的鼾声,一边忙着写作。

夏天蚊虫多,孩子们小,朱光潜怕蚊烟会熏着她们,影响健康,所以一般不点。但蚊子又会影响家人,也影响他的写作,他每晚在工作前,会在房间的各个角落里寻找蚊子,一个个地将它们拍死。每晚将被拍死的蚊子放在书桌的一个角上,还要点点数。

第二天,朱光潜会得意地告诉妻女,昨晚上他又消灭了多少只蚊子。朱光潜灭蚊虽然取得了成功,但灭鼠失败了。他们房间的窗户上有几个洞,外面的老鼠又多又大,晚上明目张胆地钻进室内觅食。朱光潜在老鼠出入的洞口周围插上了旧刀片,是他平素刮胡子的废刀片,给老鼠精心准备了一座座"刀山"。可老鼠太狡猾了,会小心避开这些刀片,进出房间如履平地,在房间里咔咔嚓嚓地咬东西,让朱光潜徒叹奈何。

虽然生活艰难,但朱光潜的小日子仍过得有滋有味。由于封锁,生活物资极其紧张,朱光潜在那种艰难的处境下处变不惊,仍保持着一颗乐观的诗心,委实不易。可以说,他是左耳听着远处的炸弹声、右耳听着近处的秋声写作的。而且,由于抗战一时失利,日军随时有可能要进犯四川,武大在必要时要撤退到川康边境的大凉山地区,校长王星拱已向全校师生作过动员讲话了,要大家随时做好转移准备。

当时,朱光潜的英诗课颇有声誉。他不是一般地泛泛而谈,而是鞭辟入里,声情并茂,给在战乱中流离失所的武大学生终生难忘的记忆,以至于多年后,他的学生们仍在各种场合津津乐道他在课堂上讲授英诗的情景。如在讲授雪莱的名诗《西风颂》时,他一边朗诵诗句,一边用手大力地挥拂、横扫,好像在让学生们感受西风怒吼的情景。在讲析华兹华斯《玛格丽特的悲苦》一诗时,朱光潜自己也被诗中的悲情所感染,讲着讲着,不知不觉满眼含泪。他缓缓取下眼镜,泪水流下了双颊。他压抑着忧伤,感觉自己再也无法讲下去了,突然把书合上,快步走出教室,留下满室惊愕。学生们也被朱光潜深情的讲述打动了,没有一个人开口说话,大家都久久回不过神来。

在课堂上,朱光潜要求极严,他要求学生细心研究每首诗的主旨、布局、分段、造句和用字,不放过一字一句,熟读成诵,用心品味。朱光潜的学生杨静远多年后这样回忆朱光潜英诗课的感受:"那掠过长空的云雀的欢歌,溪边金星万点的水仙,鬼魂般纷纷逃逸的晚秋落叶,大海的永恒涛声,辉煌的落日,都随着朱先生那颤抖的吟诵声,深深植入了我的心。"抗战期间,山河破碎,满目皆殇,四处传来的都是让人揪心的消息。朱光潜的英诗课,硬是在笼罩的硝烟中开辟出了一块诗意的空间和乐土,让远离了家园的武大学子们暂时忘却了流离之苦、战乱之伤。

我一次又一次地想象着朱光潜讲授诗歌的情景:一个身着长衫的夫子,戴着厚厚的眼镜,手舞足蹈,一会儿用英语,一会儿用中文,滔滔不绝地讲述着。教室里,一双双专注的眼睛,随着他的手势转动着;一颗颗焦渴的心,在乱世中受到了诗情的洗礼。和远方惊天动地的爆炸声相比,朱光潜的声音太微不足道了,但他不会停止自己的讲述。就像王星拱校长在传达教育部的转移命令时说的:"不到最后一日,弦歌不辍。"这乱世中的诗心和诗情,像葳蕤的春草,在硝烟蹂躏过的土地上顽强地生长着。

是的,如果冬天来了,春天还会远吗?

若是由此认为朱光潜先生是一个只知风花雪月的人,那就大错特错了。朱光潜有一个著名的"三此主义",即此身、此时、此地。具体说来,就是此身应该做而且能够做的事,就得由此身担当起,不推诿给旁人;此时应该做而且能够做的事,就得在此时做,不拖延到未来;此地应该做而且能够做的事,就得在此地做,不推诿到想象中的另一地去做。朱光潜自己总结说:"这是一个极现实的主义。"因为,"本分人做本分事,脚踏实地,丝毫不带一点浪漫情调"。这就是朱光潜,他给自己取的笔名叫孟实、盟石,一个个都是掷地有声的。他一生几百万字的著述和翻译也说明了他是一个严谨和务实的人。

在那特殊的年代,在那一辈学人中,像朱光潜这样有情调和诗心的,不是一个两个,而是一批。1941年10月15日,在西南联大任教的朱自清路过乐山,朱光潜陪同他游览了乐山大佛、蛮洞和龙泓寺。当天,恰好朱光潜的夫人奚今吾带着孩子回娘家去了,朱光潜就将朱自清和家人请到自己家里,住了一晚。当天晚餐的主菜,是一盆红烧羊蹄。也真难为朱光潜了,不知他从哪里弄来了这个稀罕物。两人把酒言欢,畅谈到半夜。朱自清非常怀念乐山的这次游玩,作诗一首《好梦·再叠何字韵》记曰:

山阴道上一宵过,菜圃羊蹄乱睡魔。
弱岁情怀偕日丽,承平风物殢人多。
鱼龙曼衍欢无极,觉梦悬殊事有科。
但恨此宵难再得,劳生敢计醒如何?

这首诗写于朱自清返回昆明的途中,当时他仍在四川境内,诗就写在四川夹江产的竹帘纸上,用的是娟秀的行书。朱自清在途中写好了,就随手寄出了,后被朱光潜保存了下来。关于这首诗,朱自清后来写过一则小序:"九月日夕,自成都抵叙永,甫得就榻酣眠。迩日饱饫肥甘,积食致梦,达旦不绝。梦境不能悉记,只觉游目骋怀耳。"但恨此宵难再得,那张普通的竹帘纸上,记载的是乱世中两个书生的一次愉快相遇,相看泪眼,惺惺相惜。竹帘纸、诗,都散发着草木的清香,这才是真正的岁月留香。这是书生之梦,好梦难得,不可再得。

1942年清明节前夕,朱光潜的老朋友丰子恺也来到了乐山。他乡遇故知,这乱世中的老友相逢,叫朱光潜有一种喜从天降的感觉。4月5日清明节晚上,他们一同去看望文学院院长陈源(陈西滢)、民国才女凌叔华夫妇。适逢数学系教授萧君绛先生也在场。原来,陈源的女儿陈小滢的姑姑生病,就请懂中医的萧君绛教授过来看看,不期与朱光潜、丰子恺相遇。当晚,陈源的家里,高朋满座,谈笑风生。陈小滢听说丰子恺是画家,忙拿出朱光潜送给她的纪念册,请丰子恺在上面作画。丰子恺自然无法推辞,就画了一幅女孩浇花图,题为《努力惜春华》,明显是鼓励陈小滢用功学业。朱光潜画上的题词就颇可玩味了,他是这么写的:"小滢,你今晚看萧先生开药方,丰先生画画,丰先生似乎比萧先生更健旺快乐。假如你一定要学医,也不要丢开你所擅长的文艺,文艺也是可医人医自己的。"

朱光潜这几句题词的意图很明显,他这是借题发挥,醉翁之意不在酒。据这段题词推测,陈小滢明显是要学医,就可能师从萧君绛,但朱光潜建议她弃医从文。他这是在抢人才呢。他送给陈小滢的那本纪念册,说不定就是"贿赂"她,沟通感情的。"假如你一定要学医",注意这"一定"二字,朱光潜可能已劝说过陈小滢选择文艺,但劝说并不成功。

朱光潜仿佛要把天下有文艺资质的优秀青年都拢到麾下。也许,在他的眼里,只有文艺才是正途。

1942年清明节陈源家里的这一晚,是不是可以命名为"春华之夜"呢?

抗战期间,李约瑟在访华中发现,"在四川嘉定,有人在可以遥望西藏山峰的一座宗祠里讨论原子核物理",说的就是迁移到乐山的武大师生。在那金瓯残缺的年代,即使山河破碎风飘絮,那一代的知识分子和热血青年仍坚持用生命和信仰浇灌着理想之花。

朱光潜在欧洲留学时,看见阿尔卑斯山谷中公路边有一块标识牌,上面提醒游人道:慢慢走,欣赏啊。朱光潜说:"你是否知道生活,就看你对于许多事物能否欣赏。"(《慢慢走,欣赏啊!》)

他当然懂得欣赏,他是有诗心的。也许,我们每个人都曾有过诗心,问题是,庸常的日子、琐碎的生活和繁重的工作,日复一日,将诗心慢慢地消磨殆尽,或者,诗心变成了麻木的顽石。宋代诗人王令在《庭院》一诗中写道:"独有诗心在,时时一自哦。"朱光潜的诗心不是局限在个人小天地里的自我吟哦,他是有大诗心的,心与物齐,穷极千古。

　　人的一生,几十年的时间,说短不短,说长不长。人的一生该如何度过,兼济天下还是独善其身,功名利禄,荣辱得失,柴米油盐酱醋茶,伟人与凡夫俗子在这些问题面前一样头痛。但是,拥有一颗诗心,能让你发现烟火俗世和平常生活中的诗意与美好。最美的风景,不在远方,而是你身边的那一地落叶。

黄永玉和谢蔚明

黄永玉是享有盛誉的国画大师,湖南省凤凰县人。他博学多识,人称鬼才、怪才,在国画、木刻、雕塑、文学等领域建树颇丰。他设计的阿诗玛头像、猴生肖邮票等家喻户晓。黄永玉出生于1924年,自称"湘西老刁民",特立独行、敢怒敢言、古怪倔强,同时,他又是一位和蔼可亲的老人。就是这样一位个性鲜明的一代大师,却和笔者的乡贤、原籍今铜陵郊区陈瑶湖镇水圩村的谢蔚明先生,保持着五十多年的友情。谢蔚明是《文汇报》著名记者,二人因工作相识,并结下友情。黄永玉曾向谢蔚明赠画多幅,并邀请他到凤凰县故里过春节,可谓交谊深厚。

2009年春节前夕,笔者的大爹谢海潮老先生告诉我说,他的老友、水圩村的谢振祥先生春节前就向他打过招呼,叮嘱我回乡时要到他家去一趟,他要向我介绍谢蔚明先生的事迹。正月初三,我和大爹来到振老家。节前,我已在大爹那儿见到一本近年修纂的《谢氏宗谱》(五房支谱),上面有谢蔚明先生的生平,并有一幅黄永玉给谢蔚明画的肖像。谢蔚明重视乡情,生前多次回到家乡水圩,新书出版后亦向老家的亲友寄赠。振老又拿出谢蔚明的两本著作《那些人那些事》和《杂七杂八集》。两本书上都有蔚明先生的签名,前一本是赠给水圩村谢贵田的,落款是"蔚明,时年九十";后一本是赠给振老的。书中,谢蔚明有三篇文章专述他与黄永玉的交往,颇为详尽。

谢蔚明(1917—2008),出身贫寒,幼年在水圩村念过几年私塾,十四岁丧母,因家贫而辍学,到人通和悦洲舒复兴布店当学徒谋生。次年,他的父亲又不幸去世。当时,布店收购了大量《申报》《新闻报》当包装纸,他就从阅读这些旧报纸上的副刊作品开始学习写作,并尝试向报刊投稿。数年后,他来到武汉,与几位志同道合的青年一起创办刊物。1937年"七七"卢沟桥事变后,为抗日救国,他报名参加了国民党军队,并参加了南京保卫战。此后,他先后在中央陆军军官学校(黄埔军校)、中央训练团受训。1940年,谢蔚明受国民政府军委会政治部第三厅委派,任战地记者,开始了他长达四十余年的记者生涯。在任战地记者期间,他到硝烟弥漫的大别山敌后、湘鄂战地采访,成为一位知名记者。抗战胜利后,历任中央社汉口分社、南京《和平日报》《每日晚报》采访部负责人。1949年,谢蔚明进入《文汇报》报社任记者,成为我国当代知名报人。

在"文革"中,由于他曾加入国民党的经历,先是被划为右派分子,后升级为反革命,在北大荒劳动改造近二十年。当时,由于生活所迫,他的妻子只好把年幼的女儿寄养在亲戚家里,艰难度日。而他自己音讯全无,像是从人间蒸发。十一届三中全会后,谢蔚明平反返沪,费了很大的力气寻找自己的孩子。幸运的是,他再次进入《文汇报》社,创办《文汇月刊》并任副主编,被评为高级记者,离休后被聘为上海文史馆馆员。谢蔚明于2008年初去世,享年九十一岁。

谢蔚明与黄永玉相识近半个世纪。熟悉黄永玉的人,知道他有一个习惯,就是向他索画必被拒无疑,他对冒昧要他送画的人从不破例,但他要是高兴了,会主动赠画或给朋友画像。1999年8月8日,黄永玉当时在上海小住,谢蔚明到黄永玉的住处去聊天。黄老对他说道:"我给你画像。"于是,他让谢蔚明坐在桌旁,自己拿出工具开始画像。黄永玉只用了十几分钟,就为谢蔚明画好了一幅速写漫像,站在黄永玉身边的两位朋友连声叫好。黄永玉在肖像画右侧的题句是:"魏晋以来,未见谢家子弟有如此清简者。"在人像边的紫砂壶下题款:"黄永玉,九九年八月八日于上海画蔚明兄。"

谢蔚明对这幅肖像画写了一侧题记:"两三年前,永玉过沪,相见时说要给我画像,只是许愿。今年在沪重逢,画了这幅画。11月20日《羊城晚报》报道,'黄永玉成名后,对求画者从不通融,兴至心头,却随手相送'。二十几个字将画家秉性刻画入微,应浮一大白。"从这段文字可以看出,谢蔚明的喜悦之情溢于言表。

黄永玉的肖像画,并不追求外表上的逼真,而是抓住一个"神"

字,用李可染的话说,就是"不与照相机争功"。再看谢蔚明的这幅漫像,线条简洁有力,准确而又夸张地表现了人物神韵。全画突出了谢蔚明的"清瘦"特征,略显硕大的后脑,暗示着主人过人的智慧,有形神兼备的效果。

20世纪50年代,黄永玉以木刻艺术享誉海内外,当时,黄永玉就向谢蔚明赠送过他画的齐白石版画,谢将它挂在室内,可见对其珍爱。十年浩劫后,谢蔚明到京组稿,重访黄永玉,永玉见到老友,非常高兴,又主动赠画给他。据谢蔚明自述,多年来,黄永玉向他赠送的大幅小幅画多张,其中有几幅特地不写上款,黄永玉向他解释说,是便于他拮据时脱手换钱用,真可谓用心良苦。可见,黄永玉又是一位很细心的人,对朋友想得很周到。2001年,黄永玉约请谢蔚明到他的老家湘西边城凤凰夺翠楼去过春节。其间,他高兴地作了一幅蜡梅图,送给谢蔚明。画的右方题词是:"夺翠楼窗下有蜡梅盛开,适蔚明兄大驾光临,八四之叟远游湘西,不可无画,作此为念。"下方盖有一"黄永玉于故乡作画"长方体两行印章。画幅左边有"湘西老刁弟黄永玉辛巳春正写"。

谢蔚明长期在文汇报社工作,由于工作关系,他与诸多著名文化人如周作人、黄永玉、梅兰芳、郭沫若、唐弢、巴金、夏衍、苏青、梁思成等多有交往。著作除上面提到的两本外,还有《老戏剧家王瑶卿及其他》《康藏公路纪行》《岁月的风铃》等。在《那些人那些事》一书中,专文记叙的文化名人就有巴金、刘海粟、俞平伯、阿英、张恨水、聂绀弩、舒芜、李宗仁、沈从文等,近百位。谢蔚明一生有过四次婚史,他与现代女作家苏青之女李崇美有过六年婚姻,后李崇美赴美并加入美国国籍,婚姻遂自动结束。谢蔚明后来与自己的表妹结合,并相伴走到最终。

据振老讲述,谢蔚明在北大荒劳动改造期间,因生活困难,曾写信回水圩老家求救。振老母亲当时亲手做了一双布鞋,买了一些黄烟,并想方设法弄了一些全国通用粮票,给远在北大荒的谢蔚明寄去。后来,谢蔚明的冤案得到平反,他常回到家乡。在振老的印象中,谢蔚明回来过三次以上,他对家乡有着深厚的情谊。

谢蔚明有一篇纪实散文《闲话狼》,记叙他在北大荒期间与狼为邻的零零整整的事。一次,他与一位马车老板在行路途中,与一只狼相遇并对视。那时的谢蔚明,见惯了狼,他临危不惧,坐在马车上悠闲地点燃了一支香烟,狼见到火光后,吓得离开了。这就是他在北大荒中"一支香烟逼退狼"的趣事。这就是谢蔚明,一位在北大荒与狼打了近二十年交道的人。翻读谢蔚明的作品,他的文字从容淡定,平白如水,娓娓道来,绝少夸张与修饰。这样的人,性格中往往有一种大坚韧。

风满怀

北宋灭南唐,宋太祖赵匡胤在一次宴会上问李煜:"朕闻卿在江南好吟诗填词,能否举出得意的一联供朕欣赏?"李煜沉思片刻,书生气十足地吟出自己《咏扇》诗中的一联:"揖让月在手,动摇风满怀。"赵匡胤听罢哈哈大笑,揶揄李煜道:"妙哉,试问,'风满怀'究竟有多少?"并对近臣说:"好一个翰林学士。"事见北宋叶梦得《石林燕语》,真实性很高。

李煜答得妙,赵匡胤笑得也妙。妙就妙在一答一笑尽显各人本性。李煜的对联充满了文人的情调:揖让答礼的时候,团扇在手,如挥动一轮明月;扇子摇动,清风满怀,心旷神怡。文人把扇,对酒当歌,红袖添香,李煜就是这样做皇帝的。赵匡胤陈桥兵变,夺取后周江山,继而相继削平了南方割据政权,靠兴兵杀伐才做了皇帝。在他看来,李煜的词太可笑了,"风满怀"到底有多少风呢?

他是个粗人，不懂风，也不懂情趣，只知道野心，所以才有此奇怪的一问。

文人和风满怀，政治家血雨腥风。都是风，而此风非彼风也。此风和煦如春风，彼风凶险让人疯。风满怀，说得多好啊！是一点闲，倚楼而立，凭栏而望，花开花谢；是迎，佳人有约，轻步穿过撒满落花的小径；是等，等作诗的灵感，也不急，知道它迟早会来的。而这些，赵匡胤如何能感受到呢？他甚至替李煜惋惜，他对群臣说：倘若李煜能以作诗的功夫治理国家，今天又怎么会沦为朕的阶下囚呢？这就是赵匡胤，我替赵匡胤惋惜。

说得一点不错。不过，细想还是错了。作诗的功夫，用来治理国家，是断然不行的。因为作诗之法和治国之道，本就有天壤之别。作诗的功夫，是闲，是轻，是风满怀，是花满渚酒满瓯，是儿女情长。这样的功夫断然是治理不了国家的。况且，对一个诗人来说，作诗也远比治国重要。所以，李煜的悲剧是必然的。即位的宋太宗赵光义最后还是不想放过这个文人，用牵机药将他毒死了。李煜死了，中国文人也集体中毒。一千多年过去了，我们在读李词的时候，依然感觉到一种强烈的牵机味。那果然是一味追魂的毒药，无药可解。

风满怀毕竟是人生的真性情，有着强大的生命力。好在赵匡胤的遗憾不久以后由他的后人赵佶弥补了。赵佶是宋朝的第八个皇帝，靖康元年（1126），金军攻破汴京，像李煜一样，他也成了亡国之君，被俘北上，受尽折磨而死，终年五十三岁。赵佶治国无能，却有着惊人的艺术天赋，他自创一种书法字体，被后人称为"瘦金体";他热爱花鸟画,自成"院体"。宋代的书画成就举世公认,而这和赵佶密不可分。

专家评说瘦金体书中有画,画中有书,横如劲弓,竖如鹤腿,撇如匕首,捺似切刀,折如竹节,点如珠玉;结构严谨而灵动,风格瘦硬而不枯,运笔迅疾,风流潇洒。吾观瘦金体时只有一个感觉:风满怀。水天一色,沙渚如雪,一群白鹤从远方翩翩而至,它们在沙滩上奔跑嬉戏,其声飞珠溅玉。观瘦金,满纸鹤舞,长风扑面。由于创立者是亡国之君,瘦金体的命运也很曲折,清代以降,一直被冷落了几百年,直到清末民初才逐渐有人开始重视和研习,如大画家吴湖帆、张大千等。赵佶的院体画也让人叹服,读他的画,给人的感觉也是和风满怀。如《柳鸦芦雁图》,风格朴拙,几乎纯用黑白,芦雁柳鸦各占画面左右,和鸣,栖息,觅食,栩栩如生。画面中间是大幅的空白,画家特意在此留白,是留给风的吗?读这幅画时,感觉远方湖面上的风仿佛就是从这个地方吹来的。又如《芙蓉锦鸡图》,一只锦鸡蓦然飞临芙蓉枝头,惊喜地翘望着右上角那对正在翩然飞近的蝴蝶。风从盛开的芙蓉上生起,从蝴蝶的翅膀间,从锦鸡绚丽的翅羽间生起。再如《桃鸠图》,整个画面上就一只鸠鸟、一枝桃花,给人春风扑面之感。赵佶即位后曾自叹:朕万机余暇,别无他好,唯好画耳。我相信一个热爱花鸟的人应该坏不到哪儿去,那些祸国殃民的事当是他手下的奸佞们干的。我这么说并不是要替这些亡国的帝王推脱职责,他们当然是有责任的。

好的艺术应该是有风的,好的生活应该是风满怀的。帝王事业不一定比一把团扇更为长久,我们需要一把能生风的团扇。

出逃的诗心

深秋的一天,再次造访宣城时,我想,作为谢氏后人,我应该去看看谢朓楼。

对于谢朓楼,早已心向往之,这当然和我对谢朓的敬仰有关。两年前第一次到宣城时,由于时间匆忙,未来得及去一观。这次参加安徽省内刊会议暨安徽作家看宣城活动,主办方并未将谢朓楼纳入参观景点,但我决定还是要抽空去看一看。

本来,有宣城的文友说陪我一道,但被我婉拒了。我决定还是一个人去。公元495年夏天,谢朓从政治旋涡的危机中,带着极其复杂的心情来到宣州赴任。我想,一个人,在深秋的夜色中独访,更有助于我走近这位诗人当时的心境。

从本质上说,谢朓是一个诗人。一个诗人生存在险恶倾轧的政治乱局中,是一种无奈,更是一种悲哀。在《游东田》一诗中,谢朓写道："鱼戏新荷动,鸟散余花落。不对芳春酒,还望青山郭。"鱼戏荷动,鸟散花落,如果不是用心去体验,是写不出这样细微生动的句子的。谢氏出过很多有名的诗人,如谢安、谢道韫、谢灵运、谢混、谢惠连、谢庄等,他们都长于写景,风格清新。谢朓希望像他的前辈们一样,逍遥山水,诗酒唱和,安安心心地做一个诗人。可惜的是,一介文人,游宦于诸王幕府之间,哪有全身而退的理呢?

公元494年,对南齐王朝来说,是一个特殊的年份。在一年余时间里,走马灯般地换了三个皇帝。每次帝位的更迭,都伴随着一场残酷的杀戮和一批大臣的沉浮。谢朓的族人、亲戚和朋友,多人受到牵连,或被杀害,或被迫迁离京邑。在那空气中都充满血腥味的乱局中,能够苟活就是一种幸运,遑论做一个诗人。"常恐鹰隼击,时菊委严霜。寄言罻罗者,寥廓已高翔。"谢朓有一种命若漂萍之感,危机随时都有可能降临,他俨然活在一个噩梦里。

幸而,就是在这样的乱局中,谢朓迎来了一次艰难的"出逃"。他来到了宣城,出任宣州太守。在这里,他走进了另一种生活,看见了山水与田园,看见了诗。而这些,才是他短暂一生之中最为重要的东西。

谢朓到宣城后,在郡治北面的陵阳山上,自建一室,取名叫"高斋",作为日常处事和起居之所。身为太守,不住在城内的府第之中,而是将居处选择在山水之间,可见谢朓的旨趣。在公务之余,他更是醉心于游山玩水、吟风咏月、饮酒赋诗,抒发内心的快意和诗情,诗人的天性得到了充分释放。这是他笔下的宣州山水:"余霞散成绮,澄江静如练","天际识归舟,云中辨江树","日出众鸟散,山暝孤猿吟","望山白云里,望水平原外","兹山亘百里,合沓与云齐"……这些诗歌,记录了一个诗人的心迹,清新自然,平和冲淡,心如止水。这些寻常之景,对从乱局中逃出的诗人来说,其意义已远远超越了一般的自然风光。山水有灵,心与物齐,一生追求的不过是一朵闲云。

在宣城,谢朓的诗歌创作,无论在数量上还是艺术上,都达到了高峰。宣城因他而成为一座诗城,他也因宣城而成为一个真正意义上的诗人。珠联璧合,相得益彰,他因而被后人称为"谢宣城"。

可惜,谢朓最终并没有逃脱封建政治斗争带来的厄运。两年后,他离开宣城,回到京邑。因举报岳父谋反获升尚书吏部郎,后又因不愿参与始安王谋反而受诬,死于狱中,年仅三十五岁。

他是想安分守己地做一个诗人的。可惜,树欲静而风不止。豪门世族的出身,注定了他在那样的乱世中无法保全,他被一股看不见的浪潮挟裹着,最终樯倾楫摧,灰飞烟灭。宣城,只不过是他短暂一生中充满诗情画意的港湾。李白说,"蓬莱文章建安骨,中间小谢又清发"。对谢朓短暂的一生来说,前有屠刀后有囹圄,而在这中间狭窄的时空里,他做成了一个诗人。他是一个了不起的人,他有一颗浴血的诗心。

做一个诗人是艰难的,古今亦然,我们无法达到"诗意地栖居"(荷尔德林语)。

就像我在夜色中抵达谢朓楼时的心情一样,毫无诗意可言。谢朓楼所在的府山广场上,数支庞大的广场舞队伍,在震耳欲聋的舞曲声中,正在热歌劲舞。人影幢幢,如幻如魅。穿过热烈的声浪和重重人影,我在广场的一角终于找到了向往中的谢朓楼。正像我预想中的那样,它既不高大巍峨,也不金碧辉煌,只不过是一座普通的楼阁而已。楼不可登,上有告示牌,提醒楼下游人在参观时注意防备楼上掉下的碎瓦。原来是一座危楼。这就是有人将其与岳阳楼、黄鹤楼和滕王阁并称为江南四大名楼之一的谢朓楼吗?楼是孤独的,诗人是孤独的,诗更是孤独的,唯有世界很热闹。

在夜色中,我还在楼的前方发现了一座谢朓雕像。诗人面对着宣城的山水,手握书卷,须发飘飞,仿佛正沉浸在江南的诗情画意之中。他仍然活在宣城,活在诗里。

生而有诗,谢朓幸甚,人生幸甚。别的,真的不再重要了。

江南文人（六章）

天地圣叹

金圣叹放诞不羁、桀骜不驯，在江南文人中属于典型的狂狷一类。他是一个热血男儿，其次才是一个书生。以他旷世的才气，写点文章养活自己应该不是件难事。江南山媚水软，笙歌处处，靓女如云，但金圣叹偏偏意不在此。他不是一般的江南文人，而是有着强烈的济世情怀。这类书生，天赋异禀，又多读了几本圣贤书，再加上一腔热血，若逢上盛世则罢，若是身逢乱世，又遇上几个糊涂的官员，想活下去就不是一件容易的事。金圣叹就是如此。

金圣叹一生中闹得最大的动静当数"哭庙案"。顺治十八年（1661）正月，年仅二十三岁的顺治皇帝驾崩，全国大小官员设灵服丧,沉浸在虚假的悲痛中。而此时,金圣叹等一批江南秀才却不合时宜地组织起一场轰轰烈烈的"进揭帖"运动。所谓"进揭帖",是控告吴县县令任维初以酷刑催纳钱粮,致使一名乡民死于杖下。此举激怒了一批有良知的江南文人,于是进揭帖请求罢免任维初。孰料,江苏巡抚朱国治岂能容忍一班秀才"胡闹"?下令抓人,第一批就逮捕了十一人,试图以此平息事端。金圣叹虽也参加了进揭帖运动,但并不在第一批被抓的人之列。形势不对,他完全可以见风使舵,耍个滑头,溜之大吉,也没有谁会责怪他。但是,如果他这么做,就不是金圣叹了。他满怀愤怒,连夜写就《十弗见》一文,以辛辣的笔触嘲弄朝廷的腐败。不仅如此,他还于次日纠集几千人去孔庙"哭庙",击鼓鸣钟、四方雷动。在国丧之日,如此聚众闹事,朱国治惊恐万状。他必须将此事端尽快平息。于是,江宁三山街三声追魂炮响,一代文豪身首异处。

清代文字狱之严酷久已有之,文人们噤若寒蝉,明哲保身。《清朝野史大观·金圣叹小传》载,"呜呼,专制国官吏之淫威,文网之严密,文人苟非韬晦自全,鲜有不遭杀身之惨祸者"。以金圣叹之聪明,岂会看不清形势?他只要稍微有点收敛,就绝不会送掉性命。那么他为什么还要聚众去"哭庙",大有不搞倒贪官不罢休的气势?一句话,还是知识分子的良知使然,热血使然。学者丁帆这样评价金圣叹,"我们从中看到了文天祥、史可法那不屈的身影"。

金圣叹临死前写给妻子的几句话道尽了一个热血男儿心中的无奈:"杀头,至痛也;籍没,至惨也;而圣叹无意得之,不亦异乎!"杀头,抄家,罪大至此。非罪大,乃统治之黑。

金圣叹为民请命而死,死亡之地就在秦淮河畔的三山街。秦淮乃金粉之地,明清之际,有多少文人曾沉醉在这温柔乡里,包括钱谦益这样的高官和学儒。为什么金圣叹偏偏要一意孤行地做一个"另类"?笔者在《金圣叹墓》一诗中这样写道:

你看江南多好/小桥流水,风景如画/你活着/一生所作所为/必是要使自己成为一个/这风景以外的人

你死于书生/死于自己的血

我们也可以从金批中进一步洞悉金圣叹的思想和个性。读金批《水浒》,时有鬼斧神工之笔,令人拍案叫绝。戴宗劝石秀上梁山时说:"不若挺身到江湖上去,做一个下半世快活也好。"金圣叹于此批道:"'挺身'二字妙绝。做事业要挺身出去,了生死亦要挺身出去,挺身真是世间之要诀也。"从这个批注中,我们似乎不难理解金圣叹在"哭庙案"中的所作所为。金圣叹平生最恨奸诈与伪善,《水浒》里一百〇八位好汉中,金圣叹独把武松定为上上人物,他对宋江痛恨至此:"使人见之,真有犬彘不食之恨。"

唐寅自诩为江南第一风流才子,金圣叹称得上是江南第一猛士。

热血男儿,天地圣叹。

花间的浪子

柳永以写"淫冶讴歌之曲"而出名,早年屡试不第,晚年才中进士,当过小官。他有一阕词《鹤冲天》,末句是"忍把浮名,换了浅斟低唱"。据称柳永廷试时因此遭殃,他的名声太大了,连宋仁宗都知道。他在见到柳永的名字时,不悦地说:"且去浅斟低唱,何要浮名?"柳永因此而遭黜落。于是,他干脆自称"奉旨填词柳三变",一头扎进坊间,专写艳词去了。这个传说有多强的真实性,很难说。我情愿将此看成是柳永耍的小聪明,为自己科场失利和沉醉于风花雪月找个借口。

柳永屡试不第,一生穷困潦倒,仅有的几文钱不是作了酒资就是给了歌妓。在古代士大夫阶层中,柳永可以说是第一个把妓女当作人看的人。关于柳永和妓女的故事数不胜数。相传他和杭州名妓谢玉英同床百日而无肌肤之亲;相传他死于僧舍,还是由一群妓女集资收殓了尸骨。柳永是有怜悯心的,他与歌妓交往时往往带着真实的感情,绝不像上层文人那样虚伪,也没有假正经。他的词作流传很广,"凡有井水饮处即能歌柳词"。他的词描述了歌妓的苦楚,有的词就是为她们代言,所以上层士大夫阶层评柳词"格调卑下",而柳永对此当然是不屑一顾的。

我最喜欢的还是柳永写羁旅的作品,如《雨霖铃》:

寒蝉凄切,对长亭晚,骤雨初歇。都门帐饮无绪,留恋处,兰舟催发。执手相看泪眼，竟无语凝噎。念去去，千里烟波，暮霭沉沉楚天阔。

多情自古伤离别，更那堪、冷落清秋节！今宵酒醒何处？杨柳岸、晓风残月。此去经年，应是良辰好景虚设。便纵有、千种风情，更与何人说？

清秋、告别、泪眼、寂寞。《雨霖铃》写的就是这样的人生状态，那是浪子的人生，是酒醒后晓风残月的落寞与孤单。

柳永是真实的，也是可爱的，他甚至在狼烟四起金军挥戈南下时依然在坊间逍遥，如果金兵用刀架在他的脖子上，他在醉眼蒙眬间也许会大叫一声"痛快"。因为他是浪子。我们不能要求一位浪子去领军杀敌，除非浪子回头。浪子代表的是另一种人生，他生来就是为了体验人生的孤单和风流的。

花间的浪子，他是落拓和脆弱的，他甚至不爱自己，整日在酒、宴乐和歌舞中打发着时光。可是，相对于人生无边的孤独和苦痛来说，一杯酒的力量太渺小。

浪子，是这样一种人生：放纵、困倦、孤单，他日愈一日地远离了自己，他甚至不知道究竟要把自己带向何方。

文人的理想？

袁枚（1716—1798），浙江钱塘（今杭州）人。乾隆四年（1739）进士，在江南一带做过六年知县。辞官后居南京小仓山下的随园，开启了他长达四十多年诗酒优游的名士生涯。

　　从很多方面看,袁枚的生活似乎都堪称文人的理想。不是吗?文人的声名和风流倜傥的生活他都有了。从文学成就上看,袁枚独创"性灵说",开一代诗风。他的《小仓山房集》《随园诗话》《子不语》等都很有影响,奠定了他作为一个文人的历史地位。袁枚三十三岁退隐,但他并不是真的隐士,而是精心构建自己的"世外桃源"——随园。园内的景观有藤花廊、小仓山房、盘中云、古柏奇峰、水精城、香雪海、小栖霞阁、桃花堤等建筑和景观,真可谓如仙境一般。至于闲情逸致,袁枚更是这方面的专家。他在《所好轩记》一文中,除言读书之乐外,还说自己"好味、好色、好葺屋、好游、好友、好花竹泉石"。袁枚在随园内远离了义牍之累,整日里吟诗作文,但整日沉湎于文字毕竟太枯燥,相传他收有风姿绰约的女弟子六十余人,人人善诗,其中苏州的陶姬不会作诗,袁枚就大叫甚憾了。文人都向往红袖添香夜读书的生活,袁枚此举也颇为礼法之士所讥,但他并不在乎。

　　袁枚还是位美食家,第一次读到他的《随园食单》时,被其中菜肴做工的精细与繁复所惊叹。相对于史上诸多食不果腹的文人来说,袁枚此举无异于打脸。试举两例。如《蒋侍郎豆腐》:

　　　　豆腐两面去皮,每块切成十六片,晾干。用猪油熬,清烟起才下豆腐,略洒盐花一撮。翻身后,用好甜酒一茶杯,大虾米一百二十个。如无大虾米,用小虾米三百个。先将虾米滚泡一个时辰,秋油一小杯,再滚一回。加糖一匙,再滚一回。

用细葱半寸许长,一百二十段,缓缓起锅。

再如《鸡圆》:

斩鸡脯子肉为圆,如酒杯大,鲜嫩如虾团。扬州臧八太爷制之最精。法用猪油、萝卜、纤粉揉成,不可放馅。

有意思吗?我觉得没什么意思。豆腐是家常菜,但此等吃法非绞尽脑汁者想不出。袁枚的食谱中关于鸡、鸭、蟹等的吃法有几十种。相对于那些牵萝补屋、整日为生计而奔走的落拓文人,袁枚的生活堪称是他们的理想。

诗人柯平曾撰文指出,袁枚在退隐后仍然热衷于政治,是想在政治上出出风头。这方面有他的《小仓山房尺牍》中大量与当时朝中权要的往来书信为证,也有他与江南官场位居要津者称兄道弟、长年厮混应酬的实际生活状况可供援引。袁枚退隐后仍然与官场保持较为紧密的联系,与其说他是想出出风头,不如说这是他的一种自我保护。

文人要是都能活到袁枚这个分上,还有什么好挑剔的呢?但是,袁枚的生活真的就堪称是文人的理想了吗?

他究竟给我们留下了多少精神的钙质呢?充其量,他只是江南烟水中的一个有点才气有点风流的文人而已。鲁迅先生对他的批评可谓切中肯綮。先生说,像袁子才那样,整日携着一枚"钱塘苏小是乡亲"的印章,他到底给我们留下多少有骨气的东西呢?不说金圣叹和方孝孺,他甚至不能与张岱相比。毕竟,张岱在其后半生中,还是让我们看到了一个文人的骨气和坚韧。

知识分子不怕风花雪月,就怕在风花雪月中丧失了自我,丧失了骨气。

袁枚的生活并不是文人的理想,他只是江南美丽风景中一个散步的贵族。

山水中人

大凡隐士从隐,一般都是命运遭受遽变,遂对红尘感到厌倦和失望。翻看有关林逋的文字,并没有发现他有这方面的经历。他年轻时无意于官场,游历于江淮,后在西湖中孤山上结庐隐居。林逋喜种梅,既供观赏,又可出售以供生活之需;他还善养鹤,常泛舟游西湖诸寺,若有客至,童子放鹤为号,招呼主人返棹而归。他爱梅如妻,视鹤为子,这就是"梅妻鹤子"的故事。

我对林逋产生兴趣或者说产生敬仰之情,在于他身上体现出的隐士精神。他与陶渊明不同,陶渊明既有恬淡冲和的一面,也有金刚怒目的一面。和陶相比,林逋隐得更彻底。据记载,他"居西湖二十年,未曾入城市"。一次未入固然不真实,但说他基本不涉城市大抵是真实的。钱塘自古繁华,闹市在侧,林逋为什么或者说凭什么就能轻松地拒绝了城市以及其中俗望的诱惑?赏山乐水、绕屋种梅、吟咏挥毫……二十年的日子波澜不惊,日日如故,难道不觉得单调和枯燥?俗世是丰富多彩的,隐士的生活里却只有山水。

孤山屹立于西湖之中,周围山水环绕,环境极其清幽,置身此处,有心旷神怡之感。纪念林逋的放鹤亭伫立在半山腰,两只鹤雕立在亭边的水池中,栩栩如生。林逋的墓址也就在亭畔,其墓乃土冢,简单至极,正符合隐士的风格。我到孤山的时候,正是雨后,天清目阔,对面的葛岭林木青翠,浓荫中有数处露出楼阁的一角。保俶塔风姿绰约,近处碧波悠悠、荷叶田田,此处确是隐居胜地。然今日之孤山与白堤已连为一体,游人如织,喧闹纷杂,孤山已没有任何隐逸的气息。

林逋爱梅,他写梅的诗很多,也很有名,有疏影、暗香的名句:"疏影横斜水清浅,暗香浮动月黄昏。"梅的高洁自古为隐士所欣赏。梅凌寒而开的品性与王维笔下的雪里芭蕉精神有异曲同工之妙。天寒地冻,雪落纷纷,皑皑白雪中的一丛翠绿,是天地间最灵动的颜色。王维被排挤出朝廷时,曾隐居终南山,过着亦官亦隐的生活,雪里芭蕉亦是他精神和情感的物化,"此中有真意,欲辨已忘言"。

林逋种梅、赏梅、写梅,以梅为生,一生知己是梅花。他是否把自己也活成了一枝梅花,一生只需要北风和雪?

三白

沈复(1763—1832?),字三白,号梅逸,苏州人。三白,一白二白三白,一介布衣,穷书生一个。他以卖画为生,却以散文《浮生六记》名世。近年,有专家指出后两记系伪作,如属实,当只有四记。

《浮生六记》,顾名思义,写的是浮生,记的是杂感。三白写此书时是四十六岁。彼时,他的爱妻陈芸已去世,夫唱妇随的日子已一去不返,长夜孤灯,锦衾生寒,倍觉凄清。于是,他开始回忆妻子在世时的温馨生活,记录下他们日常的点点滴滴,以排遣余生的苦闷和孤单。

林语堂先生称三白的妻子陈芸"是中国文学上一个最可爱的女人"。这样的评价并非过誉。三白和陈芸是表兄妹,在封建包办婚姻中,像他们这样情深意笃、趣味相投的夫妻实不多见。婚后,他们赏读诗文,收藏字画,品味卤瓜与腐乳之美。陈芸还女扮男装,随三白一起出游太湖,尽情享受着悠闲生活的趣味。三白夫妇对这般清贫的生活很是满足,在移居仓米巷时,陈芸对三白说:"君画我绣,以为诗酒之需。布衣饭菜,可乐终身。"他们所需要的,只是这般平平常常的生活。

然而,就是这般平常的生活,也只是持续了很短的一段时间。三白和陈芸婚后与父母生活在一起,在封建大家庭中,他们小心翼翼,结果还是得罪了父母,先后两次被逐出家门。三白书生意气,多情重诺,爽直不羁;陈芸纯朴热情,仗义疏财,他们比常人都少了一份圆滑和世故。代写家信风波、为公公纳妾物色人选、为堂弟借债担保等,倒霉的事一桩接着一桩,这些都是陈芸的热情惹的祸。三白天性软弱,在父母与妻子之间,他无法有效地周旋与调解,夫妻俩最终被父母逐出家门。沈家还算富裕,三白夫妇同父母生活在一起,衣食无忧,一旦被逐,生活就失去了依靠,需要自己谋生。

这对不善生计的三白夫妇来说,其艰难可想而知。挨了两年后,三白父母对当初的行为生出悔意,又将他们接了回来。可回来不久,又因陈芸擅自与妓女结盟而再次遭逐。这次被逐,最终导致了这个小家庭解体。那时,他们已有了一双儿女,况且陈芸身体不佳,常吃药。这样,一个四口之家的生活重负全压在三白一人身上。三白开了间书画铺,三天的收入不够一天的支出。冬天,儿子青君因无钱置衣而冻得瑟瑟发抖,又不得不将未成年的女儿送出去作童养媳。三白的父亲病故时,因三白的软弱,祖上留下价值数千两银子的房产被其堂弟一人独占。青君不久又夭亡。可怜天下寒士,窘困至此,只有以泪洗面。然祸不单行,家中的保姆又携财逃跑。连番打击之下,陈芸的病情越来越重,在断断续续地说了几遍"来世"之后,凄然而去。

　　三白因思妻过度,竟劝天下夫妻不可情深。他将亡妻葬在扬州,自己在扬州卖画度日,以便可以常到她的坟前痛哭一场。一个和洽之家,转眼间骨肉分离。这个家庭的悲剧,很大程度上与三白的懦弱个性和不善生计有关。

　　一介书生,天性善良憨厚,尽管是性情中人,然谋生无力,连"布衣饭菜,可乐终身"的理想也成为泡影。三白之困、之窘、之苦、之哀、之不幸,又是天下多少书生之困、之窘、之苦、之哀、之不幸呢?三白的遭遇,是天下书生的遭遇;三白的苦难,是千古书生的苦难。

　　读《浮生六记》,为贫贱书生的真情所动,为三白一家的苦难所动,为书生的无力所动,为文字之无用所动。

三白走远了,留下了一个书生的苦难,苦难也是诗。

往事苍老

张岱,号陶庵,山阴(今绍兴)人。他生于官宦世家,少时为纨绔子弟,生活无忧。他读书时大概从来就没有考虑过要谋取什么功名。用他自己的话说,他"好精舍、好美婢、好娈童、好鲜衣、好美食、好骏马、好华灯、好烟火、好梨园、好鼓吹、好古董、好花鸟,兼以茶淫橘虐、书蠹诗魔",还有什么不好呢?一句话,天下的美差和热闹都少不了他张岱一份儿。一个书生,能玩到这个份儿上,简直比皇帝还要快活。

可天下的好日子都是有尽头的。张岱五十岁时,明亡,他成为遗民。覆巢之下,焉有完卵?他的家庭也彻底衰败。失去了经济上的支撑,张岱的奢华生活随之彻底结束。好戏统统收场了,他的人生从此有了天上人间之变。

在常人眼里,张岱无异于一个浑蛋,可他是一个有骨气的浑蛋。明亡后,他不愿降清,披发入山著书,俨然野人,"破床碎几,折鼎病琴,与残书数帙,缺砚一方而已。布衣蔬食,常至断炊"。故旧见到他,视其为毒药猛兽,唯恐避之不及。他自己也多次想到自尽,但就这样死了又不甘心,想将平生经历写成文字,撑着这口气,他才勉强活了下来。张岱的主要著作《陶庵梦忆》《西湖梦寻》都是入山后写的作品,都是写回忆,过去的奢华一去不返,恍若梦幻,所以他的这两部书书名中都有个"梦"字。从张岱写作的缘由来看,写文章纯粹是为了记趣、记乐、记闲情,记二十年来的奢华梦。这对曹丕说的文章"经国之大业,不朽之盛事"乃是莫大的嘲讽。

张岱的文章是性情之作,清新、自然,无传统读书人的酸气和腐气,更没有动辄"忧国忧民"。他的笔下是热闹的,他的文章是民俗风情画,如《西湖梦寻》,完全就是一部民间视野的西湖风情史。即使写风月和冶游,也充满趣味和率真。在我看来,张岱的文章与经史子集相比并不逊色。他的作品中,人的快乐与否被提高到从未有过的地位,读书人不再是只死读书的书呆子。"余少爱嬉游,名山恣探讨",他只是想在乱世中找点乐子而已。只不过他的乐子有些大有点多而已。张岱做事全凭兴致,如《金山夜戏》,因行舟途中月色极美,就急请戏班就地在金山寺唱起大戏。夜半时分,锣鼓喧天,戏完天明则继续行舟。金陵名妓王月生,千金难买其一笑,有一书生与她同寝半个月,也没有听过她说一句话。就是这样一位冷美人,还有"秦淮八艳"中颇具盛名的顾眉,竟然乐意陪同张岱去金陵东郊的牛首山打猎。这足见他在风月场中的号召力。

张岱的前半生与后半生有天壤之别。一般情况下,经历过高贵与繁华的人,往往难耐贫穷与寂寞,张岱却坚持了下来,而且活到了八十多岁。明亡后,他以极其严谨的态度著《石匮书》,开始了浩大的纪传体明史的写作。《石匮书》二百八十三卷,一百八十余万字。张岱为写此书历尽艰难,他是在极度艰苦的环境中写作此书的。为了生存,他不得不参加舂米、担粪之类的体力活,这在明亡前是不可想象的。张岱作为明朝遗民,表现出了高尚的节操。他在垂暮之年,选择绍兴传说中的项羽遗址项王里作为自己的终老之地,体现了他坚贞不屈的气节。作为一个遗民,在清朝已稳定统治的四十多年里,张岱一直对故国念念不忘。他是一个活在往事中的人。

享得大福,受得大难,这就是张岱。一个活脱脱的书生,在历史的烟云中真实地成为自己。

李叔同和李苹香

一

提起皖南名妓,人们马上会想到赛金花,而很少会有人知道李苹香。赛金花因在八国联军侵华期间,保护北京民众和京城文物有功,而成为近代名噪一时的人物。李苹香是20世纪初旧上海的名妓,因颇具诗才,有"诗妓"之称,在风流文人中很有口碑。李苹香和近代文化大师李叔同有一段诗缘、情缘,以李叔同的名气,李苹香想不出名都难。而且,当时名士章士钊还亲自为她写了一部传记。章士钊后来担任过北洋政府的教育总长,但后来的章士钊与当初在上海时不可同日而语,上海时的章还是一位热情、进步的革命者。传记以李苹香的名字为名,李叔同作序,只不过他们用的都是笔名。

李苹香的父亲是徽州人,但她可能并没有在徽州生活过。关于她的具体生平,章士钊在《李苹香》一书的第二章《李苹香之幼年略历》里交代得很清楚:李苹香籍贯徽州,本姓黄。黄姓是徽州望族之一。到李苹香父辈时,家道已中落,"橐笔四方,遂举家迁于浙之嘉兴。光绪六年(1880),苹香生于嘉兴"。"橐笔四方",本指文人的笔墨耕耘,这里大意是指李苹香的父亲在外以笔墨谋生,很可能是做书吏之类的活。

为名妓作传,好像是文人的癖好。作为身份卑微的妓女们,在操守气节上要是有可圈可点之处,往往会激起文人们强烈的怜香惜玉之心,乃至为她们树碑立传。就说近代吧,陈寅恪大师就曾为一代名妓柳如是作传,北大教授刘半农和他的学生商鸿逵为赛金花作传,这都是人所共知的事,他们署的都是自己的真名。章士钊就没有他们大胆,他在为李苹香作传时署的却是一个日本式的名字:"铄镂十一郎"。李叔同在作序时,也取了一个笔名"惜霜"。这些都颇可玩味。他们可能是顾及面子。但是,有些事情,你越神秘,知道的人反而越多。章士钊、李叔同为李苹香作传、作序就成了公开的秘密。

李苹香的真名叫黄碧漪,入乐籍后曾先后化名李金莲、李苹香、谢文漪等。李颇具诗才,她在文人圈子里很有影响,备受青睐。李的居室名叫"天韵阁",她的好几部诗文集就是以居室名命名出版的,如《天韵阁诗选》《天韵阁尺牍选》等。李苹香自幼聪颖,爱好学习,吟咏不止,并且显示出了非凡的诗才。她八岁时就开始作诗。据说,当地一位名宿在一个偶然的机会看到她的诗作,拍案叫绝,称赞说:"此种警艳,当于古人遇之,至于今人,百年来无此手笔!"用这样的话来评价一个八岁孩子的诗作,显然有些夸张,但李苹香幼时的聪慧可见一斑。到了李苹香及笄之年,上门说亲者踏破门槛,但都遭到了黄家的拒绝。她的父母见女儿满腹诗书,心想这个女婿的标准可不能低了,得好好地物色物色。

然而,天有不测风云,谁能想得到就是这样一位天才少女,却因为偶然的一次受骗,就被彻底改变了命运,身陷泥沼,被迫做起妓女,真令人扼腕长叹苍天误人。

二

章士钊的《李苹香》一书,详细记述了李苹香不幸陷身为妓的前后经过。

光绪二十三年(1897),李苹香十七岁时,上海的洋商举行赛马会。李苹香与母亲以及异母兄弟三人,一道出了门,到上海去看赛。结果,这次出行成了李苹香命运的转折点。享受繁华是要付出代价的,母子三人可能是第一次来上海,不免贪玩了几天,大概也没在意大上海的物价,几天一过,不知不觉就花光了盘缠。等到发现囊空如洗时,母子三人吓了一跳,旅馆费还没算清呢,回家的路费也没有着落,在上海人生地疏,怎么办?估计李苹香的母亲是一个没什么主见的农村妇女,以致越错越离谱。当时,他们隔壁正好住着一个潘姓客人,三十来岁,长相丑陋,自称是嘉善县人,与李苹香老家嘉兴是邻县。当他发现李苹香一家三口困于旅馆无法归家时，他就热情地以老乡的名义，表示愿意资助。其实，这有可能是一个圈套。潘某看上了青春貌美的李苹香。有了这层阴谋，可以想见，潘某是如何大献殷勤了。他让李苹香母女继续在上海游玩，一切费用由他支付。几天一过，钱花得不少，火候也差不多了，潘某提出要娶李苹香为妻。可怜母女三人一下子傻了眼，真叫上天无路，入地无门。无奈，李苹香只好委屈地听从了母兄之命，跟这个陌生的潘某住到了一起。

关于李苹香的这次遭遇，仔细推敲，有不少疑点。第一，李苹香母女来到上海游玩，难道连回家的路费都不知道预留出来吗？第二，就算欠了潘某的钱，也不至于就非要把女儿嫁给这个不知底细的人吧？章士钊《李苹香》的主要内容，特别是李苹香受骗误入火坑的这一部分，应该是来自李苹香的口述，她也许隐瞒了什么。反正，李苹香是糊里糊涂地嫁给这个潘某了。

灾难还远没有结束。没想到，这个潘某是个无赖，他家中早有妻儿。原配见他另结新欢，根本不许他进门。于是，潘某只好带着李苹香来到了苏州。这生计问题怎么办呢？潘某本就是个游手好闲之辈，他不过略施小计，就骗来一个如花似玉的少女。在困顿之下，他竟然要李苹香去做妓女，自己当起了捐客。可怜李苹香一介弱女子，根本无力反抗，只好任潘某摆布。不久，潘某带着李苹香重返上海。上海的妓女是分等级的。李苹香才艺出众，擅写诗词，出口成章，很快被文人们授以"诗妓"之誉，成为海上名花。

三

李叔同与李苹香相识于光绪二十七年(1901),两人一见倾心,均有相见恨晚之感,互相引为知己。

是年夏,李叔同与母亲、妻子由天津迁往上海。那时,他因赞同康有为、梁启超变法而成了当局眼中的敌人,无奈避祸沪上。李叔同在上海的那几年,应该说是他人生中的低谷期,也是思想的消沉和蜕变期。他同一班公子哥,经常出入声色场所,与上海滩的名伶名妓们打得火热,他与沪上名妓朱慧百、李苹香和谢秋云等都是好友。但是,李叔同与李苹香的感情,超过了一般的坊间交往。

李叔同第一次来到李苹香的天韵阁,就以"惜霜仙史"之名赠李苹香七绝三首:

沧海狂澜聒地流,新声怕听四弦秋。
如何十里章台路,只有花枝不解愁。

最高楼上月初斜,惨绿愁红掩映遮。
我欲当筵拼一哭,那堪重听《后庭花》。

残山剩水说南朝,黄浦东风夜卷潮。
《河满》一声惊掩面,可怜肠断玉人箫。

这几首诗,以抒发愁绪为主,表面上说是写给李苹香的,其实李叔同在诗中描述的还是自己当时的心迹。那时,国是日非,神州昏晦,李叔同空有一腔热血却报国无门。不知初识李叔同的李苹香是否读懂了他复杂的心迹。作为赠诗,且是赠给曲中女性,一般难免会将对方的才貌赞颂一番,李叔同却意不在此。乍然相识,就一吐心声,他是把她看成知音的。

后来,李叔同进入南洋公学学习,他与李苹香的交往更加频繁了。除了上课,他的闲暇时间几乎都是和李苹香待在一起。才子佳人,诗酒唱和,风花雪月,情深意长。

然而,天下没有不散的宴席。数年之后,李叔同母亲病故,他深受刺激,决意告别诗酒风流的上海洋场,远赴日本留学。李叔同与李苹香以诗相识,仍以诗告别,他又写下《和补园居士韵》七绝四首。这四首诗充满了离愁别意,估计就是作于离别前夕的:

> 慢将别恨怨离居,一幅新愁和泪书。
> 梦醒扬州狂杜牧,风尘辜负女相如。

> 马缨一树个侬家,窗外珠帘映碧纱。
> 解道伤心有司马,不将幽怨诉琵琶。

> 伊谁情种说神仙,恨海茫茫本夙缘。
> 笑我风怀半消却,年来参透断肠禅。

闲愁检点付新诗,岁月惊心鬓已丝。
取次花丛懒回顾,休将薄幸怨微之。

"梦醒扬州狂杜牧,风尘辜负女相如",李叔同是在借杜说自己,他要告别了,不得不辜负红粉佳人了。"一幅新愁和泪书",他是付出了真感情的。

李苹香也写了不少诗回赠李叔同,但目前能见到的只有以下三首,借咏落花感怀命运:

潮落江村客棹稀,红桃吹满钓鱼矶。
不知青帝心何忍,任尔飘零到处飞。

春归花落渺难寻,万树阴浓对月吟。
堪叹浮生如一梦,典衣沽酒卧深林。

凌波微步绿杨堤,浅碧沙明路欲迷。
吟遍美人芳草句,归来采取伴香闺。

这三首绝句,足以看出李苹香的诗才。诗的内容尽管不脱闺怨一路,但写得凄凉无奈,人生的种种不幸隐迹其中:命若落花,四处飘零,浮生如梦,只求一醉。

红颜花落,所有的血都流尽了。人生,像纸一样苍白。

李叔同在《李苹香》一书的序言中,并没有说及自己与李苹香的关系,而是顾左右而言他。序言并不长,不足千字,通篇大谈乐籍进步与文明的关系。在李叔同看来,乐籍不但是近代文明发达的表现,而且是其动因之一:"乐籍之进步与文明之发达,关系綦切,故考其文明之程度,观于乐籍可知也。"又说乐籍之功用,"游其间者,精神豁爽,体务活泼,开思想之灵窍,辟脑丝之智府",下面又说到巴黎乐籍之盛云云。大致上,主要意思为乐籍说好话,实际上也就是为李苹香说好话。这也反映了李叔同的乐籍观点。客观地说,乐籍与文明,似乎并无明显的因果联系。"饱暖思淫欲",乐籍是社会发展到一定阶段后出现的负面现象。李叔同当时与沪上诸多名妓诗酒唱和,关系密切,他的这种观点与他当时的生活方式和态度是一致的,他断然不会扇自己的耳光。

四

从现有的照片上看,李苹香的穿着很普通,与赛金花的珠光宝气差远了。尽管都是名妓,但在财富的拥有上,李苹香与赛金花肯定还有一段距离。李毕竟是文人圈子的"名妓",而文人,大多囊中羞涩。照片中的李苹香体态微胖,安安静静地坐在那儿,脸上毫无表情,目光中充满了忧郁,流露出无尽的忧伤。从年龄上看,她似乎也不再年轻了。在她的身边,站着一位小女孩,可能是她的养女。要真是这样,说明她的青春快要走到尽头了,等待她的将是人老珠黄。

李叔同从日本留学回来后,仍然留在上海。不过,那时,他已忙于教学,参与南社的各种活动,再也不是从前那个流连风月场的风流公子了,他与李苹香可能也就没有再续前缘。1918年,李叔同将自己的存书、书画作品以及印章全部捐赠了出去,其中将名妓朱慧百、李苹香所赠诗画送给了好友夏丏尊。从此,他斩断尘缘,正式出家,隐居丛林,云游各地。

一段才子与诗妓的情缘,从此风流云散。

在那些青灯古佛的日子里,李叔同还会想起昔日那位聪颖美丽的诗妓吗?谁也无法揣想大师的心理了。李叔同出家不久,他的一中一外两位妻子在寺门口长跪不起,请求他还俗,可大师已心如止水。他的胸中,已经没有了俗世的情爱。他已属于佛,属于众生。

多年后,李叔同去世的时候,身边只有一位叫作妙莲的侍者。看这名字,应该是一位女尼了。李叔同在去世前三天,曾手书"悲欣交集"四字赠给妙莲,这是大师的绝笔。我曾经在网上看到过一部话剧剧本,剧中说,李叔同出家后,李苹香也出家了。李叔同去世时身边的侍者妙莲,就是出家后的李苹香。

在剧本的创作缘由中,作者自己也承认,这只是虚构。因为他想为这段美好的情缘画上一个美满的句号。可是,天地间,又有多少情缘都有美满的结局呢?散了,就散了吧,情缘都难免一个"散"字。

真实的情况是,李苹香并没有出家。她和著名才女、吕碧城的姐姐吕美荪一直到晚年还经常保持联系。吕家有姐妹四人,吕碧城和她的姐姐吕惠如、吕美荪都以诗文闻名于世,号称"淮南三吕,天下知名"。出于同乡情缘,吕美荪在上海时,曾女扮男装,同《大公报》的主编一起去妓院中拜访过名噪一时的李苹香。由此,吕美荪和李苹香相识,并成为诗友。吕美荪在得知李苹香的不幸身世后,并没有因为她身在乐籍而瞧不起她。相反,她们将这份友谊一直保持到了终年。

要是剧中的妙莲真的是李苹香,那肯定是符合大多数人的愿望的。大师在离去时,毕竟身边还有一位早年的红粉知己,聊可减少离去时的孤单。可惜,她不是。

关于李苹香的结局,已不得而知。看到一则资料上说,民国名媛、秋瑾的闺中密友、桐城才女吴芝瑛,曾变卖家中珍藏的董其昌手书《史记》全部真迹,得数千金,替李苹香赎身。吴芝瑛是一位具有侠义之气,而且非常重视友情的女性,在秋瑾就义后,她曾冒着生命危险,与徐自华女士一道,将秋瑾安葬在西湖之畔。吴芝瑛为李苹香赎身的事是可信的,事情要是真的如愿的话,李苹香的晚景应该不会很凄凉。

"堪叹浮生如一梦,典衣沽酒卧深林。"这种貌似超脱只求一醉的生活态度,有一种人生的大悲哀在里面。"天之涯,地之角,知交半零落。一杯浊酒尽余欢,今宵别梦寒。"这样的句子,真是冷到极点了。有一种人生,就叫冷。李叔同的是,李苹香的也是,幸而他们能写诗,那些句子,料想,多少可以带走一点人生的悲苦吧。

书生的一种活法

如果你的手头上有一笔巨额遗产,如果你恰巧还是一个文人,你是选择长期慢慢消费,还是在短期内挥霍一空?我想,大多数人会选择前者。但是,也会有少数特立独行的文人选择后者,如吴敬梓,还有比他更早的张岱、晏几道等。在他们眼里,只有花光了所有的钱,直到囊空如洗、家徒四壁,才会无所牵挂,才能睡个安稳觉。然后,在第二天清晨起床时,开始空着肚子思考该做点什么了。

他们无疑是极少数人,是文人中的异端,但他们又确是天才,天才的思路与常人总是不一样的。

这次与一帮爱好文字的朋友走进全椒县的吴敬梓纪念馆,得以更多地了解他的一生。吴敬梓有一个显赫的家族,出身于名门世家。他的曾祖一辈,弟兄五人中就有四个考中进士,吴敬梓的曾祖父吴国对还中了探花。他的祖父官至同知,父亲任过县学教谕。这样一个世代为官的家庭,足以给吴敬梓留下一笔可观的财富。吴敬梓就是在探花第里长大的。他是一个嗣子,幼时和一个姐姐同时过继给了长房叔叔吴霖起。吴敬梓的生父叫吴雯延,是吴霖起的四弟。吴霖起死后,吴敬梓继承了巨额遗产,从此开始了另一种人生。他不善理财,好挥霍,好济贫,族人也开始与他争夺家产。不到十年时间,吴敬梓就将家产倾尽一空。在全椒,他成了"乡里传为子弟戒"的"败家子"。

吴敬梓继承的遗产具体数额有多少呢?他的好友程晋芳在《文木先生传》(吴敬梓,字敏轩,号文木老人)中云:"袭父祖业,有二万余金。"这不是一个小数字。《红楼梦》中刘姥姥进入观园,讨得二十两银子,竟然喜得浑身发痒。胡适在《吴敬梓年谱》中说,"吴敬梓的财产是他在秦淮河上嫖掉了的"。吴敬梓虽满腹经纶,却屡试不第。他是嗣子,又备受族人的冷眼和欺凌。所以,他桀骜不驯,放荡不羁,以此排遣心中的苦闷和愤怒。雍正八年(1730),二十九岁的吴敬梓客居金陵,是年除夕,风雪漫天,先生一气作了八阕《减字木兰花》,以词的方式对自己的前半生进行了总结。第二阕是:

  昔年游冶,淮水钟山朝复夜。金尽床头,壮士逢人面带羞。 王家昙首,伎识歌声春载酒。白板桥西,赢得才名曲部知。

161

曲部,就是歌馆或妓院的代称。"赢得才名曲部知",就是成了妓馆中人人知晓的人物。吴檠在《为敏轩三十初度作》诗中说:"秃衿醉拥奴童卧,泥沙一掷金一担。"秦淮河畔,乃金粉之地、销金之窟,吴敬梓将大部分祖产都丢到流淌着脂粉的秦淮河水里去了。

祖产败得差不多了,加上科场蹭蹬,吴敬梓在乡里待不下去了。他在三十三岁那年,带着续妻叶氏和长子吴烺,正式移家南京秦淮河畔,并被推为文坛祭酒。吴敬梓当时只是一个秀才,尽管他很有文才,但是,他在文人荟萃的南京并不是很突出。他的《文木山房诗集》刊刻于六年后,此时《儒林外史》更是尚未创作。他凭什么会被推选为文坛祭酒呢?我想,应该是凭他的经济实力,他是一个买单的人。

但是,彼时的吴敬梓已是家道衰落,远没有昔日风光了。纵使如此,他仍没有停止慷慨解囊。他在四十岁时,卖掉了全椒象征吴氏辉煌的祖宅探花第,捐资修建南京先贤祠。这是他处理祖产的绝唱。

好了,好戏收场了。没钱了,这个世界从此和他无关了。此时,他方才关起门来,将满世界的繁华和热闹关在了门外,开始一心一意地过起自己的苦日子。他拒绝了安徽巡抚赵国麟让他赴京参加博学鸿词科廷试的举荐,并放弃了秀才籍,彻彻底底地做一个纯粹的书生。

像一块布,他终于褪去了所有的颜色。

迁家到南京之后,吴敬梓穷到什么程度呢?他过着"囊无一钱守""灶突无烟青"的极度贫困生活,一日三餐难以为继,时常靠亲友周济和卖文典衣度日。寒冬无炭取暖,则邀三五好友,绕城步行数十里,歌吟呼啸,至天明乃大笑散去。连续多日,天天如此,自嘲为"暖足"。就是在这种艰苦的环境下,他开始创作长篇小说《儒林外史》。

对吴敬梓这样的书生来说,过多的钱财是一种负担,他必须要将它们挥霍掉,直到"金尽床头"。古人云,由俭入奢易,由奢入俭难。他这样将自己置于绝境,当然有着超强的精神承受能力。吴敬梓的居处位于秦淮河畔的繁华地段,这里灯红酒绿,夜夜笙歌,而他过的是衣不御寒、食不果腹的生活,能在这样的环境里关起门来写作,当不是凡人所能为。

我有一本枕边书,张岱的《陶庵梦忆·西湖梦寻》。张岱少出身于名门世家,他在《自为墓志铭》中自称:"少为纨绔子弟,极爱繁华。好精舍、好美婢、好娈童、好鲜衣、好美食、好骏马、好华灯、好烟火、好梨园、好鼓吹、好古董、好花鸟,兼以茶淫橘虐、书蠹诗魔。"明亡后,他披发入山,状如野人,"破床碎几,折鼎病琴,与残书数帙,缺砚一方而已。布衣蔬食,常至断炊"。只因念着书稿未完,方苟活于人世。他这两本随笔集中都有一个"梦"字,如果说他此生的前五十年都生活在梦里,那么后四十三年就是记梦、写梦。

晏几道,字叔原,号小山。我非常喜欢他的"小山"这个号,有一种"江上数峰青"的清幽与可爱。他是晏殊的幼子,出身侯门,早年过的是珠围翠绕、锦衣玉食的生活。黄庭坚《小山词序》中对他的为人有一段生动的描述:"仕宦连蹇,而不能一傍贵人之门,是一痴也;论文自有休,而不肯一作新进士语,此又一痴也;费资千百万,家人寒饥,而面有孺子之色,此又一痴也;人百负之而不恨,已信人,终不疑其欺己,此又一痴也。"

费资千百万,一掷千金,家人却过着贫寒的生活,这实在让人匪夷所思。他那些钱花到哪里去了呢?无疑,为他风花雪月的生活买单了。小山词作中经常出现的歌女名字就有四位:莲、鸿、苹、云。看看他的《临江仙》:

> 梦后楼台高锁,酒醒帘幕低垂。去年春恨却来时。落花人独立,微雨燕双飞。 记得小苹初见,两重心字罗衣。琵琶弦上说相思。当时明月在,曾照彩云归。

有一种初恋般的美好和诗意,人生历此境界,有过此等恋情,可谓不枉活一世。可惜,这种感情是以金钱为基础的。年过五十,浪子醒来,人去楼空,徒留一地惆怅而已。此时,历尽繁华的他开始全心整理创作他的《小山集》,记叙如梦的浮生。

他们就是一群这样的书生,散尽千金,只为经历世间鲜花着锦般的奢靡繁华,体验烈火烹油式的声色犬马,然后,回到不名一文的人生起点,在山穷水尽的岁月里,用文字,为自己孤寒的心灵取暖。

他们的人生,是真性情的、高蹈的、置之死地而后生的。

长夜漫漫,夜色如墨。曲终人不见,天地大静,人间尚亮着一星寒窗。

一个人的山水长廊

沿着长长的琅琊古道,我们来看一座山,看一个人。

山曰"琅琊山",人即滁州太守欧阳修。

一座山,因一文而享盛名。一千多年过去了,他,与他留下的风景还鲜活如初。世人先知《醉翁亭记》,而后始知琅琊山。初秋的天气里,我们走进一个人的山水长廊里,欣赏、赞叹。我们不停地留影,想要带走曾属于一个人的风景。尽管,我们并不能带走他胸中的丘壑。

拾级而上,步履匆匆,迫切地想看到那座他休憩过的亭子。先是看到了让泉,泉边上有一块碑,上书"让泉"两个大字,清康熙年间,知州王赐魁所立。泉眼旁用石块砌成方池,水入池中,然后汇入山溪。泉,是这座山最抒情最有灵性的部分,甘如醍醐,莹如琉璃。酿泉为酒,这是曾醉过太守的水。他爱酒,爱茶,他为人也像泉水这般清澈,他快乐。

欧阳修是怎么被贬到这偏远的地方来的呢?他因为支持好友范仲淹的庆历新政,写了一篇《朋党论》,得罪了朝中的保守派。但他为官清正廉洁,他们找不到什么把柄,就诬蔑他与外甥女通奸,且霸占了他的家产。对一向讲究声名的欧阳修来说,这不仅是政治攻击,更是对他人格上的侮辱和诋毁。那段时间,他的心境可想而知。他在乘船赴滁州上任,船只进入汴河时,作了一首诗《自河北贬滁州初入汴河闻雁》:"阳城淀里新来雁,趁伴南飞逐客船。野岸柳黄霜正白,五更惊破客愁眠。"

凝霜的寒夜,他睡不着。他是有愁的,他并不是圣人。

上岸后,他抖抖衣袂,让那些忧愁随波而去。他天生就是一个豁达快乐的人。况且,这时候,他发现了一座山。

他走进了山里,但不是逃避。他用快乐的心境点燃了一座山。山沸腾了,他亦醉卧山水。山里到处都是他的踪迹,这座山是他一个人的。墨苑、醉翁潭、醉翁亭、同乐园、深秀湖、丰乐亭等等。再看看他在滁州这两年多时间里所写的诗,《幽谷泉》《会峰亭》《永阳大雪》《谢判官幽谷种花》《柏子坑赛龙》《幽谷晚饮》……类似这样的诗还有很多,这是一组诗的风景,或者说,是用风景记录的人生。仅从这些题目中就可以猜想,他当年的生活是多么摇曳生姿。这是一个人的风景长廊,他生命里的风景,飘荡着诗香与酒香,葳蕤、丰富,无始无终。

文人官场失意多寄情山水,但心态各有千秋。柳宗元被贬,写下了著名的《永州八记》。然而,他与风景相伴,感觉是"以其境过清,不可久居"。范仲淹被贬,亦写下了著名的《岳阳楼记》,"先天下之忧而忧,后天下之乐而乐",他还是放不下天下,放不下一个"忧"字。即使如诗仙李白,一生也生活在仕与隐的两难之中,直至去世前一年还打算投军杀敌。而欧阳修不同,进与退也罢,起与落亦罢,他一直都以积极的心态,坚持着自己的做官与做人原则。

他自号"醉翁"。他用一杯酒就平定了内心,平定了天下。

他不仅观赏风景,还是一个制造风景的人。他用风景点缀人生和世界。他在丰山的幽谷中发现了一眼清泉,于是,疏泉凿石,辟地为亭,作《丰乐亭记》,与滁人往游其间。他就是这样一个快乐的人,这快乐是自己的,也是宾客的、滁人的,这快乐是山间的野芳与佳木,是林间的风。

醉翁亭临岩而踞,也许是出于保护的目的,亭子的东南面用墙围了起来。我们先要跨过一扇院门,才能看到亭子。这样,我有一种走进他家后院的感觉。同行中有爱酒的朋友,早在上山前就准备好了一瓶酒。在亭中,把酒临风,酒香四溢。我们以这种方式走近他。

山高路远,道路崎岖。何处有一亭,供你一憩、一醉?

不要再苦苦追问了,也不要再去碰触那根敏感的神经。装作若无其事,去看看山中的风景吧,沿着那条上山的小径,踏着落叶,走进白云深处,做一个沉醉不知归处的人。

同乐园依山而建,里面有欧阳修纪念馆。后面的山崖上,有一些当代名人的摩崖石刻。范曾的题字是"意不在酒"。崖下还有一座小洞,有好事者在洞口书了"桃源"二字。往山顶上走,峰回路转,穿过深秀湖,上面有一座琅琊古寺。深山藏古寺,古寺藏佛心。但是,没有了鬓边插着野芳的闲僧,自然更见不着智仙般的和尚了。

但我爱着那高高的山崖,爱那些与山与生俱来的古木,爱山间的朝暮和四时之景,爱醉翁,爱他的风景和情致。

意不在酒。也许一杯浊酒并不能了此残生,我们还需要拈花一笑。

大师的黄昏

一年岁末,我和几位朋友来到枞阳县义津镇,拜谒一代宗师吴汝纶。从桐枞公路义津段的一个路口向里走,转过一段山路,再穿过几条泥泞不堪的田间小路,在一片林木繁茂的山地间,我们找到了先生的墓地。

墓地位于义津镇五里拐村朱家湾东侧的吴牛山。说是山,其实就是地势稍高些的山地。墓是合葬墓,右冢葬吴汝纶和其兄吴肫甫,左冢葬汪大人和欧夫人。墓前是两块白石墓碑,吴汝纶墓碑碑文为"清故晋赠资政大夫诰授中宪大夫五品卿衔京师大学堂总教习吴公挚甫府君之墓"。

这里很安静,远离村庄,罕有人迹,举目望去,四周均是空旷的山地与稻田。墓地被杂乱无章的枯深茅草包围着,只有冬日温暖的阳光静静地照耀着这里。吴汝纶是在回乡过春节时仓促去世的,丢下了新建的桐城学堂和他尚未实现的教育救国理想。

回来后,拜读先生的著作,再参阅有关资料,终于得知先生辞世的经过。吴汝纶的身体一向很硬朗,去世时只有六十三岁,他的突然去世,与就医不及时有关,亦与他拒绝中医治疗有关。见识过人、崇尚西学的一代宗师吴汝纶,却对我国古代文化的瑰宝中医持彻底否定态度,至死未改。这实在让人感到遗憾。

光绪二十八年(1902)九月,从日本考察回国后的吴汝纶于省城安庆创办了桐城学堂。当年底,他决定回老家会宫过春节,因为他已经有二十余年未在老家过春节了。吴汝纶兄弟四人,其他三人均已谢世,他在会宫的老家唯剩亲友和族人。吴汝纶有记日记的习惯,从他的日记中,可以清晰地看出他此番回乡的过程和活动。他十一月九日从安庆乘船至枞阳镇,然后经陆路回到会宫老家。十日,"亲族闻吾归,皆来相见,极欢,应接不暇"。吴汝纶回乡未歇一日,从十一日开始,他冒着雨雪,翻山越岭祭扫先人墓地,到县城以及附近杨树湾等地拜见亲朋故友,并与族中老人商谈其堂兄吴康之立嗣之事。十一月十九日日记:"雨雪交作,与绍伯同往全庄,康伯亦至,略议康之兄立嗣事。"吴康之就是吴芝瑛的父亲,曾任山东宁阳、禹城等县知县。吴康之无子,只有吴芝瑛一个女儿,早已出嫁,为他从族人中过继一位后人,亦是吴汝纶此次回乡应办之事。十二月二十七日,因有急事需要处理,他又返回省城安庆。

十二月二十八日,除夕将至,尽管风雪交加,吴汝纶还是由安庆乘船至枞阳镇。"二十九日乙卯,风雪益甚,自枞阳启行,过官埠桥,抵暮到家。"由于连日劳累,加上他从枞阳镇至会宫这一路坐的是两人抬的竹轿,没有挡风工具,一路风吹。就是这一天,先生感染了风寒。

光绪二十九年(1903)大年初一,"正月元旦丁巳,祭先祖后,家人争持茶点相奉。下午身体不适"。这里的"茶点"当不是普通的点心。枞阳民间对客人向有"敬茶"习俗,这里的"茶"指鸡肉、鸡蛋、猪肉以及面条等物,烧熟后盛一海碗,名曰"敬茶"。吴汝纶是族中长辈,又二十余年未在家过春节,族中人自然将他当贵客看待,争相献"茶"完全在情理之中。每家献来的"茶"多少要吃一点,否则会让主人感到没面了。吴汝纶可能吃油腻食物过度,造成积滞,消化不良。再看第三天日记,"三日己未,体中仍不适。先约今日往全庄,竟不能赴约"。吴汝纶赴全庄就是为吴康之立嗣之事。正月初五,吴汝纶感觉身体稍好一点,即赶到全庄,"五日辛酉,召集族姻为郓城君(指吴康之)议继,用君昂次子超为郓城嗣孙"。

从后来吴汝纶之子所作的追怀文章来看,吴汝纶为吴康之立嗣孙一事并不顺利:"以立继议定,家人之拧愚者妄起争衅,先公悉不能制,病乃加甚,疝气大作,剧痛,不复食,至十二日晨朝,遂以不起,哀哉!"可见,吴汝纶是因为过于生气而导致病情加剧。为吴康之立嗣孙起争端,估计是因为遗产问题。早在吴康之去世时,其女吴芝瑛奉命将约值万银的家产全部捐出,在家乡创办了一所鞠隐小学。吴汝纶为吴康之立嗣孙,这个孩子的父母或监护人很可能提出了吴康之的遗产继承问题,而遗产早已捐尽。这又是吴汝纶一时所无法解决的矛盾,他由此而大生闷气。

六日,吴汝纶此生最后一则日记:"六日壬戌,摘抄户部则例勘丈事宜……"这是一则未完成的日记。当时,吴汝纶病情已很严重,但他仍然挂念学堂筹资一事,摘抄户部公文,安排下一步工作,但已无力继续举笔,遂止。

吴汝纶病中一直拒绝延请中医看病,拖至正月初九,族人见他病情严重,赶紧派人到安庆,向吴汝纶聘请的日本教员早川新次报告病情,让他速请西医看病。十日夜半,早川新次带着从教堂请来的西医来到会宫,可这名西医的专长是外科,他望着腹鼓如石并伴随发热的吴汝纶一筹莫展,束手无策。十二日,先生遂与世长辞,从发病至去世,不到半个月时间,真令人扼腕长叹。

从吴汝纶的发病原因来看,他患的应是风寒、积滞、气郁、疝气复发等综合之症,而这些病症恰恰是中医所长,要是先生在发病初期延请中医看治,也许几剂中药就解决了问题,断不会如此匆忙谢世。

李景濂在《吴挚甫先生传》中说吴汝纶"其学以洁身不利为本,无古今,无中外,唯是之求"。除了对中医的态度,先生平生治学大抵如此。尽管吴汝纶对中医的一些批评有一定道理,也是中医理论所必须解决的问题,但他彻底否定的态度,是断不可取的。人无完人,这可能就是人们常说的大师的遗憾吧。

流放者的苍凉

入清以后,有重要影响的文化世家老桐城方家(桂林方),可谓多灾多难。《南山集》一案,方苞有惊无险地出狱,从此成为天子近臣。如果说方家的荣光全让方苞一个人占去的话,那么,那些政治灾难将由谁来承担呢?

名单可以列出一串。无疑,方式济是其中典型的一位。

"卜魁"这个地名,对今天的大多数人来说,非常陌生,但在清代士子心目中,这是一个令人胆战心惊、毛骨悚然的名字。卜魁就是今天的黑龙江省齐齐哈尔市。在当时,卜魁和宁古塔,都是流放者的地狱。

卜魁,被称为绝域,再向北走,就荒无人烟了。这里赤地千里,风沙弥漫,有着旷古的空旷和苍凉;气候恶劣,一年里有大半年时间被冰雪覆盖,天寒地冻。这里是适合野狼生存的地方。

然而，就是这样的荒凉之境，清政府的流放大军却连绵不绝，一个又一个披枷之人，或因冤案，或因"文字狱"，蓬头垢面，满面风尘，从遥远的京城前赴后继地来到这里。在他们之中，不乏声振朝野的官员、大儒和曾经风流倜傥的江南名士。

卜魁，是一个改写命运的地点。

康熙朝的"文字狱"并不多，"文禁稍宽"，但并不是说文禁不存在，如果触到了统治者的痛处，一样会大祸临头。戴名世《南山集》中涉及南明三王年号、前明太子等最敏感的政治话题。康熙五十年（1711），戴名世《南山集》案发。贡生出身、官至内阁中书与工部主事的方登峰在此案中被判流戍黑龙江。原因是，他的父亲方孝标从宁古塔赦归后，曾游历云南、贵州，写成《滇黔纪闻》，记录了明末清初的一些逸事。戴名世在《南山集》一书中引用方孝标书中的部分内容。方孝标被开棺戮尸，其子方登峰流放。

方登峰要流放卜魁，他的儿子方式济慌了神。方式济和方苞同辈，他们应算是堂兄弟。方式济七岁丧母，自幼发愤苦读，擅长诗文，精于绘画，于康熙四十八年（1709）考中进士，任内阁中书，可以说前途不可限量。可是，《南山集》案发，一切都改变了。方登峰流戍黑龙江，他是方家历史上第二次被流戍的长者。当年，方式济的祖父方孝标和曾祖方拱乾流放宁古塔。已经长眠九泉之下的祖父被挫骨扬灰，自己和父亲又重复五十年前祖父和曾祖被流放的厄运。方家子孙辈辈罹难，让人唏嘘不已。

现在，方式济如何忍心让老父独自出关？经过一番痛苦的选择，他决定陪着父亲一道流放。他摘掉顶戴花翎，脱下朝服，穿上布衣芒鞋,开始了侍父流放的生涯。离乡之前,方式济作了一首《远行曲》:"结束语童仆,鸡鸣看天曙。辞我乡里亲,曳屦出门去。出门口无言,寸心煎百虑。……行行将何之?白日沙飞路。"

当年,方式济的祖父和曾祖在宁古塔流放三年后,蒙赦召归。如今,父子俩再次背井离乡。他们会像前辈那样幸运吗?归乡之日又在何时?方式济《望见卜魁城》:

一片沙昏数尺墙,断埤烟景亦苍苍。
怪来战马防秋地,说是书生送老乡。
五十三亭燕树隔,六千余里楚天长。
劳肩息后寻诗料,雁月茄风拾满囊。

方登峄、方式济父子远离故土,置身绝域,饥寒交迫。初到时,边帅让父子俩分开居住。为照料老父,方式济卖尽衣物,筹银送给边帅,终于被允许父子同住。自此,他们既是父子,又成了相依为命的好友。在寒冷的冬天,为生火取暖,方式济顶风冒雪,到处砍伐荆棘和枯榛,因"久坐风雪中,两手皲裂",血迹斑斑。平日里,除了做苦役,父子俩就在一起谈经论道,吟诗自娱。日积月累,他们创作了大量诗歌作品,方登峄的诗集《依园诗略》《垢砚吟》,及方式济的诗集《出关诗》《述本堂诗集》等一一著成。

当初出关时,方式济的随身物品中,就有厚厚一摞典籍。他知道,此后的岁月,除了老父,这些书就是他最后的安慰了。在漫长的流放岁月里,方式济的儿子方观承多次奔赴卜魁看望父亲和祖父,料想也带去了不少书。诗歌成了方登峄、方式济父子唯一的精神寄托,他们为自己创造了一个美丽的精神后花园,以抵御北方茫茫的风雪。

荒漠绝壁的卜魁,开始有了文化的绿洲。两位坚强的儒生,他们到了哪里,就将诗带到哪里,他们是两颗砸不烂锤不扁的文化种子,是活着的诗。

神奇的边塞,让方式济开阔了视野,开阔了心胸,他被北方那壮丽的风光所吸引。在"随父戍所,服勤左右"之余,他在土室里广泛收集民风民俗,又策马出行,跋山涉水,考察山川地理,用一颗滚热的心,感受着这片带给他们父子无数绝望和苦难的土地。他详细地记述了边陲的山川、气候、民族分布、物产、资源和历史沿革,写成了《龙沙纪略》一书。该书为清代名志,后被收入《四库全书》。卜魁,也因方式济取《后汉书》中"坦步葱雪,咫尺龙沙"中的"龙沙"为书名,而从此有了一个新名字。《龙沙纪略》是黑龙江省最早的一部由私人完成的志书。它对鲜有修志的卜魁具有重要意义。它既修订了辽、金诸史关于卜魁记载不实的部分,又弥补了《盛京通志》的不足。

关于卜魁的气候,《龙沙纪略》中写道:"四时皆寒,五月始脱裘,六月昼热十数日,与京师略同。夜仍不能却重衾,七月则衣棉矣。立冬后,朔气砭肌骨,立户外呼吸,顷须眉俱冰。出必勤以掌温耳鼻,少懈,则鼻准死,耳轮作裂竹声,痛如割。"生活更是艰苦,连平常的大米也成了稀罕物:"稻米甚贵,贩自沈阳,用以待宾客食病者。卜魁土最瘠,惟产糜,似小米而黄,即稷也。"住的是茅草房,发配卜魁城后,在土人的帮助下,方式济父子建起了新屋,方登峄即兴写下《至卜魁葺屋落成率赋十首》。他在诗中写道:"覆草编茅屋数楹,羁栖绝塞此经营。千间谁稳绸缪计,一木如胜堂构情。墙短邻园鸡犬路,风高沙碛马牛声。蘧庐岂复分华陋,安堵飘蓬共此生……"

这里,不再有江南的吴侬软语,不再有悦耳的丝竹管弦,这里只有长风日夜呼号,只有胡笳吹不尽的悲凉。方式济《八月十七日霜》:

> 土床入夜气,骨冷火不温。
> 起视手种花,委仆墙篱根。
> 早霜才一夕,不缓须臾恩。
> 穷边无林柯,后凋谁无言?
> 柔条受戕伐,悼惜同兰荪。
> 回忆故乡暖,万里伤征魂。

在卜魁这样的苦寒之地,方式济犹不忘种花自娱。可是,过早的寒霜使它委仆于地,娇艳不再。这"花"的形象,何尝不是诗人自身命运的写照!而在《采萱》一诗中,诗人以屈原佩戴香草的形象自比,表示自己绝不屈服于恶劣环境:"晓起望青山,萱花盈古道。采萱欲忘忧,佩之益枯槁。岂有壮士命,听命寸茎草……"

这就是坚强的文化人,在绝境之中,他不断改造和修复自己的精神世界,生在绝境而不绝望,对现实生活进行热情而诚恳的刻画。方式济用自己的经历证明,文化人的流亡不是死亡,而是一次绝处逢生。文化,有着比生命更为顽强的生命力。

方式济为人谦虚忠厚,有长者风范。他曾与族弟方薪传在外作客,族弟不幸染上病疫,人人都避而远之,但方式济不离不弃,始终照料族弟,同室起居,一直等待族弟病愈。早年在家乡时,母亲曾替他张罗婚事,欲将一个漂亮聪慧的婢女娶为儿媳。方式济说:"我是看着她在襁褓里长大的,娶她为妻,我能心安吗?"遂拒绝了这门婚事。在卜魁,当地有钱人家见方式济为人忠厚,想将自己的女儿嫁给他,方式济考虑到自己是戴罪之身,怕连累人家,也婉言谢绝了。

方式济并没有他的祖父和曾祖那样幸运,他与他的父亲始终没有等到返乡的诏令。流放十多年后,由于极度贫困的生活条件和极端恶劣的生活环境,方登峄、方式济父子在遗憾和绝望中先后病死于卜魁小城。方式济去世时,年仅四十二岁。一代才俊,其生既不逢时,又不逢地,以致英年早逝。边地民众对忠厚的方氏父子有着深厚的感情,特别是方式济去世时,"边人如痛亲戚"。

西风、边塞、驿路、铁镣、白骨,苍凉的面孔,望穿秋水的眼睛,蓬发垢面的游魂,这就是流放者。方式济,在他短暂的一生中,在荒寒的绝境,用文字记录了一个流放者的不屈和坚强。

我家门外长江水

——刘大櫆诗文中的江河气象

> 云卷山初霁,维舟县郭旁。
> 江风吹鬓短,渔火射波长。
> 鸿雁两行去,蒹葭八月苍。
> 坐来不觉久,茵席有微霜。

这是桐城派中坚刘大櫆的一首五言《舟泊铜陵》。云卷山霁,江风猎猎,鸿雁南飞,蒹葭苍苍。点点渔火里,诗人孤舟泊岸。他并未立即离船登岸,而是在船上坐了下来,陶醉在眼前的秋景里。不知不觉间,茵席上都有微霜了。开阔、旷远、高寒、孤独,这就是刘大櫆这首诗给人的印象。刘的很多诗境界都是如此,他的诗很少有那种单纯的吟风弄月,他的诗是挂霜的,有人生的冷暖和生命的孤寒在内。

刘大櫆(1698—1779),字才甫,一字耕南,号海峰,为方苞的门生,又是姚鼐的老师,承前启后,为桐城派的兴盛和发展作出了重要贡献,与方、姚并称为"桐城派三祖"。笔者一直认为刘大櫆的诗文中有江河气象。什么叫江河气象呢?在内容上,表现为痛陈世弊,慷慨激昂;在风格上,表现为清新豪健,波澜壮阔。清《国史·文苑传》说:"大櫆虽游学方苞之门,所为文学造诣各有千秋。方苞盖取义理于经,昕得于文者义法;大櫆并古人神气音节得之,兼及庄、骚、左、史、韩、柳、欧、苏之长。其气肆,其才雄,其波澜壮阔。"一言以蔽之,江河气象就是才雄气肆。

刘大櫆身材高大,美髯飘拂,善豪饮,口大能容拳,常纵声读诗文,音调高亢,声震屋宇。"我家门外长江水,江水之南山万重。今日却从图画上,青天遥望九芙蓉。"(《九子山图》)"我家门外长江水",这句诗可以作为解读刘大櫆人生和创作的"密码"。刘氏居于枞阳横埠一个名叫刘家周庄的小村落,与长江近在咫尺。加上诗人一生漂泊,无数次来往于江上,长江不可避免地进入他的诗文中,进而影响其个性和诗文风格。试看他的诗歌《题巴船出峡图》中的句子:

巴人万里指东吴,无数巴船一时出。
船上旌竿五色明,开头掀柂难留停。
中流乱石堆棋枰,狮蹲象伏谁敢撄?却于石罅之字行。
其后长年前最能,前者疾视后目瞠,篙著石眼声敲铿。
飙驰电掣弓脱䈬,旌竿眩转如流星,耳畔索索号风声。

>是时峡内空无人,举眼惟见烟雾横。
>
>鹧鸪啼罢啼猩猩,绝壁倒挂哀猿鸣。
>
>猿鸣犹自可,鹧鸪愁杀我。
>
>苦向人言行不得,江水无情泪交堕。

描写细腻,字字铿锵,气势磅礴,感情深沉。三峡之险,天下闻名。可巴人为了生计,不得不冒着葬身鱼腹的危险乘船出峡,从事商运。短短数行诗句,将巴人出峡之壮观、之险、之累、之苦,表达得淋漓尽致。"猿鸣犹自可,鹧鸪愁杀我",猿鸣声哀,尚可忍受,可鹧鸪声让人想起了家乡和亲人,这比猿鸣更让人断肠,所以说"愁杀我"。刘大櫆的这首诗,足以与李白的《蜀道难》媲美。

刘大櫆书香世家出身,然家境贫寒,他自述"家住皖江侧,薄田十余亩",可见其潦倒落魄之境。刘大櫆曾祖父刘日燿,明崇祯辛巳年(1641)以"宾贡任歙学训导,赴京三月,闻国变回籍"(《陈洲刘氏支谱》),后"卜居合明山,构别业,莳花木"。可能是水患的原因,从刘大櫆曾祖父起,即从滨江的陈家洲迁居合明山麓下的刘家周庄。祖父刘甡,字亚瞻。父柱,字个甦,号沧洲。至康熙戊寅年(1698)刘大櫆生,为第四代。刘大櫆在给姚范诗中云"老屋百年存",由此可以断定,位于刘家周庄现存的刘大櫆故居当是其曾祖父刘日燿所建,乃明末建筑。刘大櫆和其父刘柱均出生于此。

刘大櫆曾祖父是明末贡生,祖父和父亲都是县学生,课读乡里,以教书为业。作为一个诗书之家,到刘大櫆这一辈时,刘家四代都未曾在科举上取得显绩。刘大櫆长兄刘大宾后来于雍正年间中举,授知县,但这是多年以后的事了。刘大櫆自幼负上辈厚望,勤奋苦读。他生于乡村,长于乡村,从小就对民间疾苦有着深刻的体会。清康熙丁酉年(1717),刘大櫆祖父刘牲侧室章氏以八十二岁卒。当时刘大櫆刚刚二十岁,他作了《章大家行略》一文,可以充分了解他少年时代的家境和乡间读书情景:

  櫆七岁,与伯兄、仲兄从塾师在外庭读书。每隆冬,阴风积雪,或夜分始归,僮奴皆睡去,独大家煨炉以待。闻叩门,即应声策杖扶壁行启门,且执手问曰:"若书熟否?先生曾扑责否?"即应以书熟,未曾扑责,乃喜。

纸短情长,瞎眼的章大家关切之情跃然纸上。"学而优则仕",青少年时代的刘大櫆对人生胸怀美好的理想,渴望通过读书进入仕途,干一番事业。他在诗歌中也表达出这种强烈愿望:

  与君俱少年,意气干斗牛。
  壮心吞涛江,起衰窃自负。
  千秋与万岁,盛事图不朽。
    ——《述书三十六韵送张闲中之任迦河》

  生则为国干,死当为国殇。

岂学凡夫辈,徒牵儿女肠。

——《感怀六首》

  自康熙五十年(1711)始,名士吴直授馆于刘家,刘家兄弟随吴直从学多年,学问精进。雍正三年(1725),刘大櫆已二十七岁,他带着自己的文章,走出家门,到京城去寻访同乡方苞。方苞在读了刘大櫆的文章后,惊呼道:"如方某,何足算耶!邑子刘生,乃国士尔!"在京城做内阁侍郎的同乡吴士玉,也盛赞刘大櫆为"今之昌黎也",将他比作韩愈。刘大櫆精于八股文,才华出众,可是,他在持续参加的几次科举考试中并无实质性收获。科举考试每三年举行一次,刘大櫆三十三岁、三十六岁两次参加顺天乡试,都只中了副榜。副榜是正榜之外的一种附加榜示,只是一种带有荣誉性的肯定。三年后,三十九岁的刘大櫆再次参加顺天乡试,又不中。从此,心灰意冷的他不再主动应试。乾隆元年(1736),方苞举荐刘大櫆入京参加博学鸿词特科御试。这是一个绝好的机会。刘大櫆在省城安庆通过了预试,在《诏征博学赴都道中述怀》一诗中,他兴奋地写道:"闻命只益愧,捧檄仍多欣。"可命运再次同他开了一个玩笑。廷试后,刘本来已被阅卷者评为合格,却被大学士张廷玉为避同乡之嫌,将他黜落。方苞听说后"愀然累日,顿足长叹"。尽管此后张廷玉对黜落刘大櫆感到后悔,但事情已无法挽回。乾隆十五年(1750),张廷玉特举刘大櫆参加经科考试,可经学并非刘所长,结果自然又未被录取。至此,刘大櫆对科举已经彻底失望。对他来说,跻身庙堂成了一个遥不可及的梦。

刘大櫆精于八股文,学富五车,在京城文人圈中享有较高的知名度。按理,他屡试不中是不正常的。清代前中期的科举考试还算规范和公正,还有方苞、张廷玉的先后推荐,可为什么刘大櫆还是连连受挫呢?这当然不是才气和学问的原因。仔细研读刘大櫆的作品,我们可以看出一些端倪。他的屡试不中包括他被张廷玉黜落都不是偶然的,而是与他的思想观念有关。

科举考试,不光要有才气和学问,关键的一点,应试者的文章要合乎执政者的正统思想。不合乎传统的道义礼法,思想过于前卫乃至锋芒毕露者,肯定与录取无缘。

刘师培说,桐城古文家,"惟海峰稍有思想"。与方苞、姚鼐不同,刘大櫆在天道、理学、伦理等方面都有自己独特的看法,在一定程度上,他接受了戴震的唯物主义思想。对不合理的社会现象,他敢于一针见血地说出真相。在这方面,他有着戴名世的风范。如他《天道》一文中的观点:

> 其上之于民,名为治之,而其实乱之;天之于民,名为生之,而其实杀之。
>
> 天下无道,则富贵显荣与道德仁义常分,是故衰乱之世,其达而在上则必出于放辟邪侈;其修身植行,则必至于贫贱忧戚。

似乎不必引用太多了,刘大櫆的思想可见一斑。这是论天吗?这是对统治者打着"天道"旗号施行统治的无情揭露和嘲讽。刘大槐主张"君臣以义合""合则留、不合则去",反对"臣死其君"的愚忠思想。这些从民本思想出发的惊人议论,恐怕是方苞、张廷玉们连做梦也不敢说的。刘大槐在科举之路上连连败走麦城,其原因大致可以料想得到。

不过,客游京师和数次参加科举考试,虽然功名上毫无斩获,但刘大櫆的见闻增多了,视野开阔了,对人生和社会的认识也更加深刻了。刘大櫆先后在京师和家乡设馆授徒,借此谋生。后入江苏、湖北、山西等地学幕,助评试卷,品评文章。年逾六旬时被选任黟县教谕,数年后辞职去歙县主讲问政书院。后归乡,居枞阳镇,建四望亭,读书写作,聚徒讲学,培养乡里后辈。他的学生姚鼐辞官归里时,多次前往枞阳镇拜见先生。当时先生患有足疾,但仍扶杖相迎,倾夜长谈。乾隆四十二年(1777),姚鼐在《刘海峰先生八十寿序》中,正式亮出了"桐城派"的旗号。在这篇序中,他引用吏部主事程晋芳、编修周永年所云:"昔有方侍郎,今有刘先生,天下文章其出于桐城乎?"此后,"桐城派"之名才渐渐广为人知。晚年的刘大櫆生活在贫困之中,到了靠烹蔬充饥、劳人送米为生的境地。但是,他仍然保持着乐观的心态,他在《春日杂感》一诗中写道:"英年意气与山高,转眼皤然白首搔。横槊赋诗才已尽,据床吹笛兴犹豪。"

刘氏祖宅合明山庄属于徽派风格,坐北朝南,三间两进,四水归堂,是一座两层木结构穿斗承重房屋,由院子、门楼、客厅、厢房等部分组成,大门上方加有砖砌门罩。外墙青砖勾白缝,内隔墙为板壁。故居虽没有皖南徽商故宅的那种雕梁画栋,但在这穷乡僻壤,当时也算得上是一幢豪宅了。这里就是刘大櫆出生、生活和学习的地方,已有三百余年历史。

关于合明山庄,刘大櫆文集中有两篇短文专门描述,分别是《一掌园记》和《缥碧轩记》。缥碧,浅青色。缥碧轩是刘大櫆父亲刘柱读书的地方。短文记道,缥碧轩位于居室之东,"右树以桐,左植以蕉"。因其父"兀坐其间,几席、衣袂,皆为空青、结绿之色",于是将此屋命名为"缥碧轩"。后来他的父亲因患足疾,卧榻两年,等病稍愈,再至轩中,发现芭蕉已荡然无存,仅剩一桐。其父自嘲道,芭蕉枯死,"是恶睹所谓缥碧者乎?"意思是说,那棵芭蕉是因厌恶那个"缥碧者"而枯萎的吗?接着,其父又说道:

学以致其道,而闻道者未见其人,求安之心害之也。吾分之所当为,吾求而不得,则虽高堂邃木貌,层台曲沼,其亦何裨?求而得之,则虽在苍烟、白露、圃秽之中,皆以缥碧视之可也。奚必区区于是哉?

这段话是告诫正在苦读以求功名的刘大櫆的。"道"在高堂,但非我所有,这样的"道"要之何用?"道"在圃秽之中,但我以缥碧视之,亦足珍贵。意即告诫他不必在意那些苦苦追求不到的东西。刘大櫆父亲以家族几代人在科举上的失利告诫其子,顺其自然,随性而生。

乾隆四十四年,一代宗师刘大櫆与世长辞,享年八十三岁。其墓在今金社乡刘家笤箕地,为夫妇合葬墓。墓碑是姚鼐于嘉庆四年(1799)所立。墓园东临枫树冲,南望白荡湖,西连汤家山,北接鹤岭,视野开阔。山野田园,青松翠竹,先生长眠于此,四野缥碧,足慰平生。

做一颗读书种子

曾国藩在评价萧穆时说:"桐城萧穆,今之读书种子也。"曾国藩是一代大儒,他的幕府里,满腹经纶的文人学士多不胜数,他为什么会对连举人也未考上的萧穆作如此之高的评价呢?

萧穆(1835—1904),字敬孚,又作敬父、敬敷,清末著名的藏书家、文献学家。他祖上本姓陈,元末由徽州婺源陈村迁入今枞阳会宫,入赘于萧氏,并改姓萧。清乾隆年间,萧氏迁居于汤家沟东十五里的钱氏小墩,萧穆当出生于此。

萧穆的父亲叫萧锡光,是个读书人,但屡试不第。他不想让自己的悲剧在儿子的身上重演,于是不让萧穆上学,而是让他去务农。但萧穆从小就表现出好学的一面,不愿从事农活,常跑到私塾窗外听先生讲课,他的父亲就用棍棒责打他,萧穆"泣而受杖,但仍潜至塾旁,听人读书"。在这种情况下,他的父亲只好同意让他入私塾读书。每天夜里回来,萧穆的母亲必定让他背诵白天所读的内容,萧穆常常做到无一字差错,母亲欣喜不已。萧穆潜心好学,爱书如命,"遇名流宿学必敬礼,随所往,辄手提布袭,裹书数册。闻某所有异本,必钩致之"(马其昶《萧敬孚先生传》)。

咸丰三年(1853),太平军占据桐城县城,昔日平静的县城变成了战场。城里的大家世族纷纷迁往东南乡躲避兵祸,藏书大量散出,价格极其便宜。这一年,萧穆十八岁,他购买了一批图书,开始藏书生涯的第一步。同时,他走村串巷,拜访隐居在乡间的先辈硕儒,虚心求教,不耻下问。

十九岁时,他来到左家宕读书,并结识了一位名叫左庄的读书人。左庄藏书丰富,萧穆在他那儿读到了大量的乡贤著作。特别是刘大櫆点评本《唐宋八大家文选》,萧穆爱不释手,将全书抄录下来,收藏精读。刘大櫆的评点对萧穆启发很大。萧穆曾说,他学习古文知识就是由这本评点本和刘大櫆文集开始的。此后,萧穆先后师从朱道文先生,并到处寻师访友,广闻博取。除研读经史外,他还致力于古文研究,留心于朝章国故,网罗文献,为日后校勘古籍打下基础。

同治二年(1863),曾国藩以两江总督的身份驻军安庆。当时,萧穆的同乡好友陈艾、方宗诚等均在曾国藩幕下效力。萧穆前往安庆,拜访曾公并受到接见。曾国藩对萧穆给予了高度评价:"异日缵其邑先正遗绪者,必此人也。"缵,继承。意思是说,将来继承桐城派先贤学问的,必定是萧穆。安庆当时是安徽省省府,聚集着一批学者精英,如著名考据家钱泰吉、经学家汪士铎、目录学地理学家莫友芝等。萧穆虚心求教,从他们那里学到了读书门径、治学方法,见到了许多珍本善本,听到了许多未曾见于文字记载或与文字记载有出入的史料与掌故,即所谓的"朝章国故",受益极大。

同治三年(1864),曾国藩率领的湘军攻下天京后,太平天国灭亡。作为一个文人,曾国藩充分认识到复兴江南人文的重要性,向朝廷奏请,于当年举行了江南乡试。二十九岁的萧穆参加了考试,可惜未被录取。本科,他的好友吴汝纶考上了第九名举人。科举考试要的是娴熟的八股文,萧穆那满腹朝章国故派不上用场。

姚永朴的《萧敬孚先生传》中,记载了萧穆和吴汝纶的一件趣事。萧穆与方宗诚、徐宗亮、吴汝纶既是同乡,又是好友,他们常在一起交流。方宗诚谈及的多是军国利弊、吏治得失;徐宗亮关心的是当前的边境之事;萧穆只谈古籍,对于字句异同、刊本质量以及书人书事,如数家珍,无一句涉及现实世务。吴汝纶提倡西学,他在每次交流时总是滔滔不绝地谈论国外之事。对此,萧穆很不高兴,对吴冷嘲热讽。尽管如此,吴汝纶仍很敬重他,因为萧穆有真学问。

同治四年(1865),萧穆三十岁,已是而立之年。在科考失利的情况下,萧穆直接找到曾国藩,想谋一份差使。他和刚刚考中进士的吴汝纶一道来到曾国藩面前。曾国藩问起萧穆的来意,他爽直地回答说:"来谋一份吃饭的差使。"曾国藩当即写了一封书信给李鸿章,信中说:"桐城萧穆,今之读书种子也。岂可使读书种子而无饭唊地耶?"李鸿章收到信后,聘萧穆为上海制造局编纂。当时,曾国藩、李鸿章都是权倾一方的人物,"九州人士走求官"于曾、李之门,而萧穆只求有一个吃饭的地方,可见他的率直与可爱。

"读书种子"一语,出于宋代周密的《齐东野语》:"山谷云:'士大夫子弟,不可令读书种子断绝,有才气者出,便当名世矣'。"明成祖朱棣篡位之初,要杀不肯归服的方孝孺。有人说:"杀孝孺,天下读书种子绝矣。"读书种子的说法就一直沿用下来。古人的家训中,常说一个家庭、家族的读书种子决不可断了。同样的,一个地方、一个国家的读书种子更不可断。由此可见,曾国藩对萧穆的评价之高。从萧穆日后对文化的贡献来看,曾公的评价切中肯綮,有相当的预见性。萧穆终于有了用武之地,从此,他在编纂这个岗位上一干就是三十年。

二十余年中,萧穆只身在沪,住一小楼,母亲与妻子都留在故乡,他每年两次回乡探亲。平时的时间,他都用在搜集、校勘古籍文献上。萧穆生活简朴,节衣缩食,他最爱吃的美味不过是猪肉蒸豆腐,但一个月也仅吃两三次。他的月俸大多用于买书了,数年时间,藏书有两万余卷,而且大多是善本和珍本。萧穆藏书亦留下了不少趣话。萧穆收藏有魏光焘先世遗稿,魏家无副本,魏光焘听说后,携带重金请求萧穆转让。萧穆得知情况后,说道:"先世的著述,应当归子孙保存。"于是,不收一金,将遗稿奉还魏光焘。光绪末年,制造局总办易人,总办借口萧穆年老,要停止其供职。当时,魏光焘任江南总督,来上海访萧穆,欢谈三日。总办见萧穆与总督大人谈笑风生,大惊,连忙向萧穆谢罪,并大幅提高他的工资。萧穆叹息说:"真才实学,一钱不值;总督光临,身价倍增,喜耶?悲耶?"他谢绝增资,仍拿原薪。姚永朴在《萧敬孚先生传》中写道:

"先生在上海,凡数十年,四方贤公卿,下逮游客,语及见闻洽熟,必曰萧君。"

《清史稿·文苑传》说:"萧穆以考据称,博综群书,喜谈掌故。"当时,萧穆与学者汪士铎、刘履芬、薛福成、刘熙载等常在一起交流学问。他在馆三十余年,亲自校勘书籍百余种,以校勘罗愿《鄂州小集》、徐铉《骑省集》、刘大櫆《历朝诗约选》、姚鼐《古文辞类纂》最为有名。清末校勘出版的许多善本书籍,大多曾得到萧穆的帮助。袁昶之刻《渐西村舍丛刊》,黎庶昌之刻《古逸丛书》,滁州李氏之刻《古文辞类纂》,都受过萧穆的帮助,有的则全出于萧穆之手。萧穆校勘既不取酬,也不署名,甚至卖掉自己的藏书,作为印书费用。长沙王先谦决心继姚鼐之后,广集海内名作,按桐城派的选文要求,编辑一部《续古文辞类纂》。这是一项极为艰巨的工程,萧穆先后给王先谦提供了五百多种文献资料,使得这部巨著顺利出版。该书的问世,受到普遍关注,被奉为读书人"必读之书"。

萧穆校勘古籍,精益求精,多方考证,力求准确无误。萧穆受人所托校印徐铉《骑省集》三十卷。徐铉,北宋著名文学家,曾受宋太宗之命校订《说文解字》。萧穆接受任务后,历时三四年时间,才将此书校勘后刊刻出来。徐铉文集自宋以后到光绪十八年(1892)前,其刻本非常稀少,人们所见的徐铉文集大多是抄本。既然是抄本,就不免存在诸多错讹。在校印徐铉文集期间,萧穆每年都要自己出资并带着礼物,到湖州、杭州、绍兴、江阴、苏州、松江等地,向各地大藏书家借徐铉旧本及其他古籍秘本相比照。而且,书刊成后,他并不满足,继续求书细校,写成《校勘记》。数校之后,他发现仍有四五处可疑之处,又托好友将这些疑点带往北京,与《四库全书》底本对照,终于消除了全部疑点。他的严谨治学精神可见一斑。

萧穆著述颇丰,十六卷《敬孚类稿》凝聚了他毕生读书、校书的心得。他在此书中记录了自己部分校勘成果,总结了毕生校勘工作经验,并在目录校勘、方志、文学和历史等方面提出了自己独到的看法。他一生替别人刊刻图书无数,自己这本专著还是在他死后,由友人出资刊刻的。萧穆六十九岁时于上海去世,葬于会宫萧氏宗祠西。他死后,所藏图书被子孙出售,人视之为宝,甚至有书商盗印他的收藏印记,价格倍增。

光绪初年,马其昶酝酿《桐城耆旧传》一书的写作。他要为老桐城在明、清两代涌现出来的名臣、学士及社会贤达立传存史,以反映老桐城在明清之际得天独厚、久盛不衰的"人文景观"。本来,萧穆早有写作此书的打算,当得知马其昶准备写作此书时,他热情地为马其昶提供了大量珍贵文献,并无私地说:"这些当为你所用。"马其昶从中获益颇多。当此书在光绪末年出版时,萧穆已谢世多年。马其昶为表示对萧穆的敬意,特地为他补写了传记,以纪念这位无私坦诚的朋友。

左光斗故里行

朱庄是安徽枞阳县横埠镇境内一座普普通通的小村庄，是明代有"铁骨御史"之誉、东林名臣左光斗的故里。阳春三月，遍野的油菜花灿烂似锦，我们找到了正在野外祭坟的左氏后人左一思老人。左老现年八十一岁，精神矍铄，他是左光斗三兄左光前的第十三世子孙。

左老领着我们向朱庄走去。一路上，左老不停地说着朱庄的风水是如何之好，他指着村后那蜿蜒的山岗说，你看，它像一条象鼻护佑着村庄。在朱庄的村头村尾，我们看到了多棵古枫树，干粗可数人合围。从一棵一棵的古树旁经过，我仿佛看到了村庄久远的历史。

绕过几间民居，左老将我们带到一片废墟前。他对我们说，这就是光斗公老宅的旧址，老屋倒塌已经有一些年头了，左光斗就出生在这里。左老又指给我们看旧址上一些残存的原物,一对明代石狮基本完好,门楼边还有一对石鼓,安放石鼓的两只石礅,雕琢精细,图案生动。我有些不解地问左老,这些旧物何以保存到今天？左老说,朱庄村民都是左氏后裔,平时大家都自觉地保护。左光斗的母亲一共育有九子,朱庄南面不远处有一潭,名"九儿潭",就因左光斗的母亲生有九子而得名。可以想象,这个大家庭当年是何等热闹,而左光斗父母的生活重负亦可想而知。左光斗弟兄九人大都有功名,做过御史、州县一类的官,声名都很不错。

包括横埠在内的枞阳东部地区旧时称为东乡。东乡人尚武,性格耿直,疾恶如仇,民间关于东乡武林好汉的传说甚多。左光斗是典型的东乡人个性,尽管他后来进入封建官场,但并没有因此而变得圆滑和世故。在朝中,他与杨涟都以清正刚直著称,时人并称"杨左"。左光斗的个性在与魏忠贤为首的阉党斗争中表现得尤为突出。天启四年(1624),杨涟列举魏忠贤二十四条大罪,公开上疏弹劾;杨涟弹劾失利后,左光斗又草拟魏忠贤三十二条当斩之罪,与阉党展开了针锋相对的斗争。阉党疯狂反扑,炮制冤狱,将包括杨涟、左光斗在内的六位东林名臣逮入诏狱。六君子在狱中遭到了残酷迫害,包括杨涟和左光斗等五人先后惨死狱中。

左光斗在入狱前曾被削职,居乡里,当他被魏忠贤派来的缇骑押上囚车时,"父老子弟拥马首号哭,声震原野"(《明史》)。阉党当道,正义不伸,我无法想象左光斗当年是怀着怎样沉痛的心情诀别家乡的。那该是一个阴沉沉的天气吧,众乡亲伫立在村口,泪水涟涟地目睹着囚车远去,车辙深深,那仿佛是土地的伤口……

左光斗有一副名联:风云三尺剑,花鸟一床书。此联与东林书院的名联"风声雨声读书声声声入耳,家事国事天下事事事关心"有异曲同工之妙。"花鸟一床书",说明了左光斗作为一个读书人的志趣,但他不是一个坐在书斋里做死学问的书生;"风云三尺剑",上联充分说明了一个热血男儿的豪气与斗志,奸臣弄权,黎民遭殃,一个有良知的书生当弃书取剑。左光斗为此付出了生命的代价。

左光斗惨死后,"长兄光霁坐累死,母以哭子死"。一个家庭,为此付出的代价太大了。据有关记载,左光斗的父亲左太公在儿子被官兵押解离乡时,神色平静,不改常态。即使后来听到左光斗惨死狱中的消息,虽内心悲痛,但也只是"泣下数行而已"。及至第二年,左光斗的冤案得以昭雪,左太公"乃始仰天大恸",并大笑曰:"吾今可以死矣!"左太公的墓位于朱庄附近的桃花山。

左光斗谥号忠毅,乡人为了纪念这位忠烈刚直的先贤,将左氏宗祠所在的村更名为忠毅村。人们就是以这种特殊的方式,将一代名臣与故乡紧紧地联系在一起。

离别朱庄了,我又一次瞩望村口的古树。古树无言,它与村庄与这片古老的土地都有着一种永恒的沉默。

第三辑 谷生郊野

庚子年的一粒谷子

当村子里开始荡漾着桂花的香气时,田野里的太湖糯黄了。

今年的稻子真黄啊,置身白荡湖畔的田野里,我被一望无际的稻谷包围了。一粒粒的谷子挤满了枝头,金黄、饱满,贮藏着天地日月、风花雨雪。庚子年尤其不容易,长达数月的新冠病毒肺炎疫情,接着又是几十年一遇的洪涝灾害,一场又一场考验扎堆地来了。一粒谷子跑啊跑,像出膛的子弹,无论如何都不能停下,穿过黑夜和风雨,穿过侵蚀和戕害,有些谷子在路途上夭折了,更多的谷子顺利地抵达了终点。现在,它们谦逊地低下头来,这走上国徽的稻穗,包围着家园,它的姿态已说明了一切。每一粒谷子都带着微笑。

像贫困户施祥龙般敦厚、朴实的微笑。

他皮肤漆黑,像一个烧炭工。那种黑,是堆在脸上的。他说,这不是阳光晒的，而是药物副作用的结果。

他是一个农民，一个尿毒症患者，一个换肾病人。对施祥龙来说，那是一个黑暗的日子。二十年前的某一天，他开着一辆四轮拖拉机，在上一段陡坡时，水箱里沸腾的开水突然溢出来，劈头盖脸地浇到他的身上，他被大面积烫伤，当场昏迷过去。附近几个正在锯树的乡邻急忙将他送到医院。由于抢救及时，他好歹捡回了一条性命。几年后，有一天，他突然发现自己双腿浮肿，经检查，确诊患上了肾炎。这个原本身高一米八，体格魁梧，能挑两百斤担子的汉子，从此又走上了四处寻医问药的路途。一张又一张"单方"，一剂又一剂"良药"，两年后，他骨瘦如柴，不但病情没有好转，反而被医生宣布为尿毒症。一周三次透析彻底摧垮了这个铁打的汉子，他的双腿软得像棉花，再也无法在家乡的土地上疾走如飞了，他感觉自己像一棵病虫缠身的水稻，随时有枯萎的可能。

一个伟大的女人挽救了他。在透析期间，他的妻子唐传云瞒着他，悄悄地去做了肾源匹配检查，万幸的是，肾源配型成功。在妻子的强烈坚持下，施祥龙顺利实施了肾脏移植手术。无论是赖活、歹活、偷活还是借活，他都要顽强地活着。他相信命运可以改写。施祥龙高大的身影又出现在了白荡湖畔的田野里。

"春种一粒粟，秋收万颗子。"他不仅活过来了，而且还创办了以自己的名字命名的家庭农场。他的农场里，良田千顷，稻虾共生，鹅鸭成群，瓜果飘香。祥龙牌稻虾米成了远近闻名的农产品。

能有这一天，怎能不好好庆祝一下呢？在县融媒体中心的朋友王建生的帮助下，施祥龙决定以他个人的名义举办一场丰收节，地点就选在他的农场里。在这个节日里,他要让自己的农场露露脸,要带着他的谷子们,一起欢庆这个难忘的庚子年丰收。

2020年9月23日,雨后天晴,是举办丰收节的好日子。施祥龙是一个种田好手,可是,牵头举办这样一场庆祝活动是个不小的挑战,但他愿意去尝试新生事物。

红色的舞台在稻田中央搭了起来,正面是一个巨大的"丰"字。设计简洁而富有特色,"丰"字下面,挂着一捆金黄的稻束,这是刚从田野里收割来的,上面还沾着新露。再下面,是一只装满新谷的稻箩,谷子堆得冒尖。今天是谷子的节日,它们成了舞台上的主角。我们看着它们微笑,看着它们放歌起舞,在大鼓书的鼓点声里,演绎这个秋人最动人的故事。舞台前方并列摆放着一把把崭新的镰刀,新镰如月,秋风试刃,我们在它们的光芒里看见了仓廪丰实。

新米已碾了出来,一袋袋地码放着,一只海碗里装满了新米摆放在桌上。空气中飘荡着米香。瓷白的新米,像妹妹的肌肤,像母亲的白发。村子里还有嗷嗷待哺的人吗?想起了一个世代相传的风俗:半碗白米送亡者上路;安葬时,也会将包括米在内的五谷撒进吉壤。米陪伴着人,生或死,米能使灵魂安妥。

面对着自己的农场,施祥龙开始直播,介绍起自己的稻虾米。一个黑炭般的农民,站在田间,面对着直播架,运用地道的枞阳方言,向外面的世界介绍着自己的产品。施祥龙是一个有想法的农民,他在不停地奔跑着,和时间赛跑,和市场赛跑,他有着无穷的力量。

每一颗有梦想的谷子,都会有沃野和远方。

青阳腔

民有喜怒哀乐,发为声,唱为腔,演绎为戏。

青阳腔,是指在青阳这方水土之上产生的一种戏曲声腔,以及运用这种声腔演唱的剧种。它包括两项内容:声腔和剧种。

青阳有座青阳腔博物馆,一个县专门为一个剧种建设一座博物馆,委实不易。我在馆里看见了国家级"非遗"传承人汪正科老先生生前用过的几件乐器。其中有一面鼓,风尘满面,鼓面还破了一个洞。馆里陈设着多件青阳腔脸谱面具,而这面鼓,就是一件时光面具。我被这面鼓惊着了,我听到了隐藏在时空深处的一声巨响。在我看来,所有的锣鼓类乐器,最终的结局应该是一个"破"字。它释放了所有的声音。对一件乐器来说,破不是破碎,而是圆满,不二。鼓也成佛了。

青阳腔有草台戏的风范,大喊大叫、大蹦大跳、大锣大号、大红大紫,快乐、率真、热闹。我们在传习馆里看《美周郎》一出。洞房花烛夜,周瑜和小乔不是卿卿我我,而是唇枪舌剑,你来我往,斗智斗勇,一番交锋后,方情投意合。如此,才不愧为江湖儿女。本子写得好,演员演得妙。唱戏不出汗,累死无人看。散场的时候,我看见扮周瑜的演员一头的汗。原来演戏会这么累人,活别人比活自己难。

《三请贤》一出,说的是刘、关、张三人请诸葛亮出山的故事,却像是张飞的独角戏。张飞路上遇见个牧童,见他言谈很有些道理,就硬拉着要他去当军师。当守门道童说主人不在时,张飞一把捏住他的手,道童痛得大叫。这就是张飞,提线木偶似的身段,顿挫分明的台步,急剧颤动的髯口,怒了人叫,乐了人笑,妙趣横生。这就是青阳腔。它淡化了金戈铁马和刀光剑影,多了儿女情长和生活情趣。当然,是可以有点小悲伤的,不能大悲,适可而止,喜乐却可以没有尽头和边界。

汤显祖在《宜黄县戏神清源师庙记》中指出:"江以西弋阳,其节以鼓,其调喧。至嘉靖而弋阳之调绝,变为乐平,为徽、青阳。"青阳腔继承了弋阳腔锣鼓伴奏和帮腔的特点,在唱法上却沿着平、低调发展,声腔趋于婉转、柔和。像一个鲁莽、毛糙的汉子,在走到青阳地界之后,突然变得和颜悦色起来。

旧时,民间青阳腔戏班多以"秀兰"二字命名,如某秀兰班。"秀兰"二字成了青阳腔戏班的标志。

秀兰,不就是邻家女子吗?

高亢粗犷的弋阳腔到了青阳之后,为什么会发生这种变化呢?

一方水土养一方人，一方水土养一方戏。在江南的灵山秀水里，需要的是和风细雨唱日月，而不是铁板铜琶诵大江。弋阳腔一路走到这里，广泛吸收了江南的村坊小曲、里巷歌谣和佛俗说唱等诸多民间艺术。它变了，它爱上了这片明媚的山水，留恋起了民间的烟火和热闹。它不能不变。

青阳腔又被称为徽池雅调。一个"雅"字，说明了一切。然而，它又不同于昆腔的"雅"：昆腔是阳春白雪，是文人士大夫们把玩的，是高雅的"雅"；青阳腔是山朗朗水清清，是平民百姓的乐赏，是清雅的"雅"。

要了解青阳腔，一定要明白什么叫滚调。滚调是青阳腔的一个重要特征。一种是在曲牌里加入滚白或滚唱，叫加滚；一种是在曲牌外加入大段的滚调，叫畅滚。滚调的发展，使青阳腔从弋阳腔的附庸，一跃成为一种独立的声腔剧种，得以广泛流传，被誉为天下时尚新调。

下面将《琵琶记·路途劳顿》中赵五娘的一段唱词，与《摘锦奇音》中的同段加滚唱词相对照，大略可以看出青阳腔滚调的特点：

（唱）【月云高】路途多劳倦，行行甚时近？未到洛阳城，盘缠多使尽。

（唱）【月儿高】路途多劳顿，（滚）劳顿不堪言，心中愁万千，回首望家乡，家乡渐渐远。（唱）行行甚时近？（白）那日起程之际，蒙太公赐我盘费，只说到京尽够用，谁知出路日久，费用甚多。(唱)未到洛阳城,盘缠都使尽。

下一段,分别加了一段滚唱和滚白。如果说上一段是一幅写意,那加了滚调的下一段就成了一幅水墨。《诗大序》里说:"言之不足,故嗟叹之。嗟叹之不足,故永歌之。"滚白和滚唱(畅滚),分别对应了"永"字和"歌"字。滚,是用来渲染情感的。

有一晚,住在莲花峰下。早晨起床时,正好看见日出。远处,山峦重重叠叠,一层高于一层,像是海里涌动的浪一般。这一道道的山线,不是青阳腔里长长的滚白,又是什么呢?一句接着一句,一段连着一段。

翠峰寺位于山顶,寺被茶园包围了。有人坐在石头上大声地读着佛经,旁若无人。我不认识他们,也不知道他们读的是什么内容。他们专注平和的样子,像极了园子里的茶。他们的吟读声,是不绝如缕的滚白。

陵阳古镇,群山环拱,镇中心有一条南流河。河的两岸,是粉墙黛瓦的山里人家。河畔多古树,古木萧萧,遮天蔽日。我们不知道它们的年纪。有一棵枫杨树,挂着保护的牌子,恐怕有上千年历史了,长长的树臂一直伸到河面上。从古树下经过,我们像一群不谙世事的孩子。

山里多瀑布,瀑布是山的滚白。山里多溪河,溪河是对远方的滚白。隐隐有一首歌,从未停歇。山在唱,水在唱,鸟在唱,人在唱,佛道在唱。在这里,人与物都是歌者。

寻找胡普伢

在今天,胡普伢的名字并不为大众所知晓。她是黄梅戏历史上首位有据可考的女伶,是严凤英师父严云高先生的老师。也就是说,胡普伢是严凤英的师祖。胡普伢登台之前,黄梅戏中的旦角一直由男伶扮演。胡普伢的出现,对黄梅戏艺术的发展来说,实在太重要了。此后,黄梅戏的舞台上,众芳争艳,各领风骚,由一种民间采茶小调成长为影响全国的大戏,并跻身于全国五大剧种之列。

伢,是旧时乡人给孩子取名时常用的一个字眼。名字里有"伢"字的孩子是简单而又不简单的。左人右牙,是不是意味着要咬着牙才能生存下来?

2015年深秋,在太湖县文联副主席何慧冰的陪同下,我们来到胡普伢故里太湖县新仓镇,寻访她的遗迹。我们首先来到了胡普伢婆家所在地新仓老街。

胡普伢出生于清同治七年(1868)前后,出生地是距新仓街西南十里许驼龙山下一个名叫胡昌畈的小村子。驼龙山盛产石灰石,胡昌畈家家户户以烧石灰窑为生,胡普伢家也是如此。道光年间,太湖新任知县孙济以开山采石有伤龙脉为由,将驼龙山收为官山,严禁开采。由此,胡昌畈全村百姓生活陷入困境。胡普伢母亲早逝,迫于生计,她的父亲在她九岁时,将她送到新仓街一何姓人家当童养媳(一说她从小父母双亡,由族人送给何家)。胡普伢婆家家境不错,家里开有一间药铺。旧社会童养媳的命运是凄惨的,胡普伢也不例外,她在辛苦的劳作和婆婆的虐待中艰难度日。更要命的是,胡普伢发现未婚夫有些痴呆,她陷入了绝望中。好在这时,戏班子来了。

　　当锣鼓声响起的时候,胡普伢就像变成了另一个人,她不顾一切地跑到戏台下面,津津有味地看起戏来,从开幕看到终场。胡普伢很聪明,台上演员的每一个动作、每一句唱词,她都暗暗记下来,并乐此不疲地模仿着。当唱起黄梅调的时候,胡普伢就忘记了所有的不快,她的脸上才会露出开心的笑容。婆婆对这个疯丫头很是反感,胡普伢每次看戏回家,自然少不了要挨一顿打骂。可是,当下次戏班子再来的时候,胡普伢依然故我。在她十四岁那年,婆婆为了阻止她看戏,将她紧锁在柴房里。胡普伢费尽周折逃了出来,跋山涉水来到蔡家畈,找到戏班班主蔡仲贤,跪求学戏。蔡仲贤爱才心切,收下了他平生第一个女徒弟。从此,黄梅戏的舞台上,第一次有了女性的身影。很快,胡普伢成为名角。黄梅戏三十六本大戏、七十二本小戏她无一不会,尤擅演底层女性角色,像《苦媳妇自叹》中的媳妇、《牌环记》中的红梅、《何氏劝姑》中的姑嫂、《荞麦记》中的王三女、《菜刀记》中的卖饭女等。其声誉传遍大江南北、皖省内外,所到之处,村民有个口头禅:"普伢一到,人欢狗叫。"

长河是太湖的母亲河,属于皖河支流,发源于大别山的多枝尖。新仓街位于长河畔,旧时,街头有个新仓渡口,这里是离开新仓的必经之地。当年,胡普伢就是从这里出逃的。如今,渡口早已废弃,成为废墟。渡口所在的河道上长满了杂树。渡口边,一座老房子坍塌殆尽,只残存一垛墙角。地上,散落着一地古砖。刚刚下过小雨,沉重厚实的古砖散发出铁青色的光芒。每一块古砖都有着沉甸甸的记忆。老街上,有着许多废弃的旧宅。这些多年无人居住的老房子,它们紧闭的大门上,无一例外地都挂着一把老锁,各式各样锈迹斑斑的老锁。钥匙说不定早已被主人遗失了,就算还在,它们还能打开一把把早已锈死的锁吗?当年,十四岁的胡普伢就是被这样一把老锁紧锁在柴房里。幸而,她逃了出来。再坚固的锁,也锁不住一颗向往的心,一个痴情的戏魂。

在渡口边一户居民家里,我们惊喜地发现了一块古碑,上面刻着"奉宪新仓义渡"六个字。在渡口的遗址上徘徊,恍惚间,我仿佛看见一个身着花布衫、扎着长辫子的小女孩,从林间一闪而过。她不发一言,义无反顾地逃走了。她出逃的身影多么美丽动人。新仓,从此多了一抹亮色,像废墟上灿烂的菊花。

我们又向胡普伢的出生地胡昌畈进发。胡昌畈位于驼龙山下,是一个美丽、安详的小村庄。驼龙山海拔并不高,不到两百米。

山下,积年的矿渣快堆到半山腰了。何慧冰向我们介绍说,驼龙山内部有一个巨大的矿坑,深不可测,那是几百年来胡乱开采的结果。山像一个饱经沧桑的老人,它被掏空了,里面装满了苦难。

山下,苦楝黄了。一颗一颗金黄色的果子,饱满透亮,里面像是贮满了阳光,夸张地挂在乌黑色的枝条上。苦水里泡大的苦楝,有着一颗阳光般明亮的心。而乌桕,红得像血。

胡昌畈的南面是驼龙山,西面是长河,有山有水,是一片富饶之地。村庄不大,一条水泥路,两边散落着几十户人家。村北,是一望无际的田野。走入村中,我们向村民打听胡普伢的事。都说知道,这里就是胡普伢的老家。再问故居,说没有了。又问胡普伢的后人,村民将我们带到胡根来家中,说他家是胡普伢家族唯一一户后人。胡姓在胡昌畈人丁并不兴旺。我们在老胡的家中谈论着胡普伢零零整整的事。他们的方言,我一句也听不懂,好在总有几句弄明白了。村民们说,按民间说法,胡普伢的父亲葬在了戏子地上,所以出了个天生会唱戏的女儿。他们还说,要在村中给胡普伢立一座雕像。

田野里,水稻金黄,棉花吐蕊。秋阳暖暖地照着,许多女性在田间劳作。这里是胡普伢的家乡,她要是生活在今天,肯定会成为她们中的一员,种几畦菜园,养一群鸡豕鹅鸭,相夫教子,安然终老。当然,戏还是要唱的,将平日里想说的话、累积的心思,一句句地唱出来。唱过后就轻松了,日子该怎样过还怎样过。

胡普伢的晚年是在笔者的家乡枞阳县石矶头度过的。石矶头位于长江畔,是一条颇为繁华的乡间水街。胡普伢和老伴张庭玉定居于此。为了生计,在当地陆姓族人的支持下,他俩开了一间"合意馆",以教戏为生,兼营茶楼。石矶附近的村民,包括江南池州等地的戏迷,都来拜胡普伢为师,学唱黄梅戏。1935年,胡普伢病逝于石矶。为了寻找胡普伢墓地,笔者问过多名当地老人,可惜一无所获。也有人说胡普伢很可能并没有葬在石矶,因为石矶旧时常发洪水,她病故后可能择址另葬。总之,胡普伢之墓遍寻不得。她留下了太多的谜。

作为黄梅戏第一位女伶,除了文字记载,胡普伢没有留下任何影像资料,甚至没有留下一张照片,我们至今不知道她长什么模样。民间传说她貌美如花,声若天籁。1935年,胡普伢去世,严凤英诞生。黄梅之花,就是这样如有天助般地代代相传。

越剧的美丽和哀愁

越剧是江南的篱笆上一朵芬芳的茉莉,细腻、柔和,它不厌其烦地演绎着一场又一场才子佳人的故事,春花一般开过。越剧是一幅朴素的江南水墨画,鹧鸪天里,丝管悠扬,一叶小舟,顺水漂过二十四桥明月夜。当然,那舟上是少不得吟风赏月的人儿的。越剧,是案前的一杯西湖龙井,它舒展开来,就是一场风花雪月。

越剧起源于嵊县农村,是在绍兴女子文戏的基础上发展起来的剧种,它还是我国唯一一个全部是女性演员演出的剧种。越剧在发展的过程中,也试图加入一些男性演员,但是似乎并没有被观众认可。以前,我对越剧中为什么全是女性演员感到有些不解。后来,我似乎明白了,因为越剧极尽江南的阴柔之美,男性演员是不是太霸气了,从而破坏了那种氛围,所以连男性角色也要用女性来演?像京剧,就是极尽阳刚之美,英雄武将,金戈铁马,响遏行云。越剧优美婉转、凄恻缠绵,它是小桥流水的、儿女情长的,像江南烟雨中一个迷离的梦。

我喜欢越剧中才子佳人的爱情故事,公子落难,小姐垂怜,有些俗,但俗中自有真情。你看,当丝弦响起的时候,才子佳人水袖轻舒,檀口慢启,眼波流转,顾盼生辉,一举手,一投足,一掩面,一回首,千般风情就有了,一段经典的爱情故事就开场了。

故事的开始都是美好的。钱塘路上,人面桃花,杨柳风吹心字罗衣。宝黛初会时,金玉良缘初相逢,"天上掉下个林妹妹,似一朵轻云刚出岫";张生是这样赴约的,"我侧着耳朵听,蹑着脚步行。登假山我在墙角边儿等,等我那,整整齐齐、袅袅婷婷小姐莺莺";东风未起,唐琬与陆游夫唱妇随,他们还沉浸在婚姻的幸福里,"春波桥上双照影,与游哥一路细数落花来"。此时,人间花好月圆,才子佳人两情相悦,正所谓爱如春风。此时的越剧,可以助兴,可以忘忧,甚至,可以放进整个人生梦想。

小时候,大概十来岁,在隔壁的一座叫毛竹园的村庄,看过一场露天的越剧电影《梁山伯与祝英台》。尽管那时什么也不懂,但这场电影,特别是剧中化蝶的情节,还是给我留下了深刻的印象。近些年,不知怎么就喜欢上了越剧。闲下来的时候,就喜欢打开电脑中的收藏夹,放上一段,尤其爱听《梁祝》,而且很容易沉迷进去。就在写这篇文章的当天上午,听了一段章瑞虹与陈湜演唱的《楼台会》,听得潸然泪下。楼台相会,是揭开爱情谜底的时候。章瑞虹的唱腔浑厚深情,陈湜的唱腔缠绵忧伤,如泣如诉,凄惨动人。短短几分钟的选段,两人一共唱了十二个"想"字。尤其是陈湜唱的"梁兄啊,今生料难成连理"一句,真是极尽悲伤。棒打鸳鸯,雨扫残花,那舞动的水袖,惊了,痴了,像风中的柳,像失神的月光,像一段无措的愁肠。

归根到底,越剧表现的是一个"爱"字,爱的前世与今生。至于家世、功名、利禄,乃至生与死,都无非是爱情故事的点缀。越剧将一个"爱"字演绎得一波三折,用尽曲笔、工笔。吴侬软语,连哭和悲都是温柔的,咿咿呀呀,缠绵到今,永无终点。

繁杂的人生,听一段越剧,听它将那些爱情的悲欢再演绎一回,心里有一种通透、清亮的感觉。我一点都没有觉得那些故事俗套,"彩虹万里花盛开,花间蝴蝶成双对",历尽患难,度尽劫波,你看,爱情还是如此鲜活生动,灿烂如初,那些悲欢离合、风风雨雨,都化作了前生无邪的记忆。

蓝印花布

梦里的水乡,就在一方蓝印花布上。

"人人都说江南好,游人只合江南老。春水碧于天,画船听雨眠。"江南是一幅有质感的画,小桥流水,渔舟往来,粉墙黛瓦,草长莺飞;江南是有颜色的,它的颜色叫作靛蓝,一种从草本中提取的永不褪色的深蓝。风景与靛蓝,它们在一方蓝印花布上得到了有机统一,成为民间艺术经典。

布就是江南农村里常见的那种土布,洁白柔软的棉花,借助咿咿呀呀的纺车,被一双灵巧的手牵出一根线头来,源源不断,像河水一样,怎么流也流不尽。春天来了,蓼蓝草在疯长。此时的草,还不能刈割。大自然中的颜色也像人一样,必须历经风雨才能变得老成,变成可用之材。随着日子的递进,蓼蓝的颜色由嫩绿变成青绿,再由青绿变成深蓝。到了六七月间,蓼蓝成熟了,它们终于等来了一把雪亮的镰刀。

收割后的蓼蓝,被放进一只大缸里沤制。蓝就像脱缰的野马一般,从植物的叶子里争先恐后地涌了出来。遇水之后,它们安静了,就像浓墨一般,紧紧地抱成一团,成了靛蓝,静静地待在缸底,等待着大显身手的日子。

版子是老的,是从祖父祖母那一辈传下来的,用油润润的牛皮纸刻成,一块一块,镂空的,刀工精细,像是剪纸。当然,心灵手巧的人也可以随心所欲地现刻自己想要的图案。图案以植物和动物纹样为主,前者最常见的有梅、兰、竹、菊、牡丹、长春花、石榴等,后者有二龙戏珠、凤栖牡丹、鹤鹿同春、连年有余等。不管哪一种图案,都透着吉祥,露着喜气。将花版放在平铺的白布上,涂上用石灰和黄豆粉制成的灰浆,谓之刮浆。染色时,涂上了灰浆的部分仍会是本色,没涂灰浆的部分就成了蓝色。

蓼蓝草汁经过特殊的配方处理,就成了染料。染料放在高大的染缸里,缸有一人多高,不垫张凳子是看不清里面情形的,很神秘的样子。将待染的白布投入染缸里。染料中,那些一直静静等待着的靛蓝,像一个个待字闺中的乡下女子,到了喜庆的日子,嬉嬉闹闹地活跃起来。它们显示出了自己的泼辣劲,有点人来疯,在一幅幅白布上,有的变成了这样,有的变成了那样,但又都是那样规规矩矩,全是当初设计好的样子,没有一个出格。在一方洁白的布坯上,它们终于找到了自己生命的归宿,它们现在不再是草了。蓝印花布被制成衣服、头巾、被面、蚊帐、门帘、鞋帽、枕套等等。它们随着江南女子走进了农家,成了水乡人家新的一员。

蓝印花布源于秦汉,历史悠久,它取材方便,操作简单,故而能经历几千年而久盛不衰。宋、元、明、清时期,它的地位仅次于丝绸,深受人们喜爱。

在江南水乡乌镇,随着喧闹的人流,在一条一条悠长的巷子里穿行,在一幢一幢老宅子里进出,我感到无比疲倦与孤单。作为一个现代人,我们每个人的心中都有一个家园之梦,能够安放身体与心灵的梦乡。然而,它在哪里呢?这些枕河而居的人家,是这样熟悉,却又是如此陌生。忽然,在老街上,我与一家染坊不期而遇。看介绍进一步得知,这是一家古老的染坊,创建于宋元,原址在南栅,清光绪年间迁于此地。乌镇是蓝印花布的原产地之一,可以想象,当年这里是何等热闹。

在染坊的院子里,高高的竹竿上,晾晒着一匹匹蓝印花布。它们从高高的蓝天上直挂而下,像一道道蓝色的瀑布。在阳光之下,那些植物和动物全都活了,生气蓬勃,呼之欲出。

在马尔克斯的《百年孤独》中,那位象征着纯洁和美好的俏姑娘蕾梅苔丝,最后乘着一张床单飞走了。那是一张何等神奇的床单。然而,它毕竟是马尔克斯笔下幻想的产物。而眼前这一匹匹蓝色的印花布,却是如此真实和逼真,它们能够安放我们的水乡之梦。

在水乡周庄,每位船娘都是一样的打扮。她们身着蓝印花布小褂,头上系着一方蓝印花布头巾,古典、美丽、纯朴、优雅。她们袅袅娜娜地站在船艄上,轻柔地摇动着橹,哼唱着吴侬软语,带你在九曲回肠的河道里穿行。一位名叫阿珍的船娘唱道:"河东的哥哥去呀去开河呀,河西的妹妹送到杨柳坡呀……"歌声甜润婉转,在水面上漂荡着,有着蓝印花布一般的质朴和温暖。

　　就像有人描述的那样,蓝印花布有着青铜的高古、宋瓷的典雅、苏绣的精致、剪纸的简洁,以及织锦的高贵。然而,蓝印花布终究是民间的,是日常和亲切的,是不骄不躁、落落大方的小家碧玉,是水乡的女子。那种永不褪色的靛蓝,是水乡的天空和河流的颜色、是植物的颜色、是田野的颜色,终究是日子和爱的颜色。

血脉里的故乡

几年前,有一组名叫《乡愁》的油画,曾在网络上广泛传播,引发了无数网友的故乡之思。作者是旅美油画家李自健。油画的内容非常简单,画的是再寻常不过的故乡人故乡事,如背着柴火的小女孩、在田地里耕作的父母、割草的小女孩和狗、坐在门前石阶上正给弟弟喂饭的小姐姐、白发苍苍的母亲、水边浣衣的少女、牧羊的爷孙俩、回娘家的小媳妇、搓玉米的姐弟俩等等。画面朴素、温情,有着浓烈的乡土气息和家园情怀。它们让我们想起故乡,想起童年,想起那些存在于记忆中的美好细节,它们是如此强烈地拨动着我们的心弦。

枞阳是一方美丽而神奇的土地。曾经,我们厌倦过那破旧落后的小山村,厌倦过面朝黄土背朝天的日子,我们渴望着离开与出发,向往着外面的世界。然而,我们走过千山万水,目睹过大千世界的繁华,尝遍各地的美食后,却突然发现,我们最放不下的,仍然是这一方水土,仍然是那座在现实中已经变了模样的小山村。

所以,黄镇将军回故乡时说,他最喜欢家乡的三碗菜:生腐烧肉、烧山粉圆子和豆腐渣。

黄镇将军一生先后四次回到故乡,留下了无数佳话。作家周信保先生历时数年,费尽周折,走访了数千名在黄镇回乡时与他有过接触的干部群众,收集了一百多个有关将军回乡的故事,汇成《黄镇将军回乡录》一书。1961年10月13日下午,黄镇到了横埠,当晚住在双井边的一间旧房子里。大队干部得知他中午在汤沟吃的是藕餐,想煮点米饭招待他。没想到,黄镇一到双井边就宣布接待三不准:不准吃鱼肉、不准喝酒、不准吃大米饭。大队干部只好到地里挖点山芋,给黄镇做了山芋餐,黄镇和朱霖吃得很香甜。10月14日,黄镇在黄家凹召开社员座谈会,会开到下午两点,大队干部请黄镇用餐。黄镇说,就不要请我们了,把村里五十岁以上的人和"五保户"、困难户都请到食堂,每人一份饭一份菜。那天晚餐,他和陪同的干部们喝了一锅稀糊。

1980年11月28日,黄镇在黄山大队路过钱头凤庄,路上遇见一对父女挑着松枝到窑厂去卖。山路弯弯,踢踢绊绊,黄镇看见父女俩喘着粗气,就走到他们身边,接过女孩的担子,帮她挑了一段路。那个女孩哪里知道,帮她挑担子的正是大名鼎鼎的黄镇将军呢!

黄镇对浮山有着深厚的感情。他在回乡视察浮山中学时说:"我对浮山是有感情的。我年纪大了,已经向中央打了报告,要求休息。批准以后,我要来浮山住一个月。"

即使在生命的最后时刻,黄镇也未忘家乡。1989年,黄镇躺在病榻上,拉着前来看望他的时任安徽省副省长邵明的手,语重心长地说:"我老了,不行了。我的家乡很穷,希望你多走走。我没有给家乡人民做什么事,很对不起家乡人民。"

这就是家乡人民的儿子黄镇,他一生高风亮节,爱国爱乡爱民,他永远活在人民心中。

一碗香喷喷的乡情,总能让风尘仆仆归来的游子热泪滚滚。

从一个名叫钱家祖的小村落走出去的女作家钱红丽,有这样一则微博:"昨夜梦做得辛苦,摸黑下河拽菱角菜……概因黄昏'放牧'孩子时遇到乡邻,她滋滋有味地说起儿子居汤沟镇的同学为她们家带来菱角菜、鸡头秆、山芋梗等美味。听得人垂涎三尺,夜里就'下河'了……"

钱红丽回乡时,看到现实中的家乡,觉得哪里都是美的,都是亲切的、贴心贴肺的,连钱家祖的家禽都比外面的漂亮、可爱。她这样写道:"村里有几家还养着鸡,正值绮年玉貌,细足,瘦金体,纷纷被一只骄傲的公鸡引领着,踱步闲庭。尤其母鸡,白底浅花,犹如仙子;还有更纯洁的,披一身雪白,红冠低首,且走且停。真不是吹的,这么些年,零零落落看过四面八方的鸡,还就数我们老家的鸡种最好看。……老家的鸭也好看,同样一笔瘦金体,目无五色,摇摇摆摆于水陆之间,毛色闪亮得出奇,偶尔回头'嘎'一声招呼同伴,山河都为之倾倒。"

一声普普通通的鸭鸣,女作家竟然激动地说山河都为之倾倒,再也没有比这更高的赞誉了。非鸭鸣这么动听,而是故乡之情浓烈使然。在她的眼里,家乡的鸡鸣鸭叫都是一首田园诗,都是天籁。

认识故乡需要空间,更需要时间。少年时代,我根本没有觉得枞阳这个地方有什么特别,谈不上喜欢,也谈不上不喜欢。成年后,随着对家乡自然风物和厚重历史文化的逐步了解,我忽然发现,这一方水土,是如此美丽富饶;我更加吃惊地发现,在我们的身后,矗立着一个个身着长衫满腹经纶的大师的身影。他们是左光斗、方以智、钱澄之、方苞、刘大櫆、姚鼐、吴汝纶、朱光潜、方东美……这些家乡的先贤,或以气节,或以品格,或以学识,或兼而有之,他们都曾经影响过一个时代,他们是时空深处的高峰,值得后人永远膜拜和仰望。这一方土地,因为他们,所以如此与众不同。

枞阳人自古穷不丢书。子曰:"一箪食,一瓢饮,在陋巷……"穷街陋巷,偏僻乡村,书声琅琅,文脉绵延,千年如斯。手持一本古老的线装书,无数学子边走边读,读着走着,走着读着,不知不觉走进灿烂的明天。不管世事如何变迁,手持一本书,我们在时代的风云中就不至于迷失自己。安贫乐道,恬于进取,我们仍然是故乡的游子,仍然是线装书上密密麻麻的一只只蝌蚪,仍然有一颗赤子之心。

这是血脉里的故乡。怀念白荡湖螃蟹、杨湾挂面、白云生腐、七里头萝卜……故乡的风物,故乡的味道,都已成为一种永恒的记忆。

2014年国庆节,在杭州市旅居多年的孔祥彪和叶全新夫妇回到小城枞阳。文朋诗侣,把酒话桑麻,那是几天快乐的时光。有一天,我看见孔老的小号叫"小太保"的侄子开的土菜馆门口晒着一些白云生腐和石矶头的山芋粉丝。生腐一条一条的,胖头胖脑,油润润的;山芋粉丝用一根根稻草扎成一小束一小束的。我问小太保:"你将这些东西放在外面晒干什么?"小太保说:"晒干点,给老孔带到杭州去,他要。"

那一瞬间,我没能忍住感动。

"一声何满子,双泪落君前。"故乡,是游子心里深刻的烙印,是炊烟、小河,是村口大树下绵长的眺望,是三更灯火五更鸡,是菖蒲与艾叶的清香,是永远放不下的牵挂。

石溪

天刚麻麻亮,一条黑咕隆咚的老巷深处,吱呀一声,走出一个背着书包的瘦弱少年,一团寒气霎时裹紧了他。他的手里,拎着两个装满了咸菜的玻璃瓶。身后,父母照例说着发狠念书听先生的话之类的套话,少年一边哼哼着,一边带上门离开了家。一路过了古梅庵,疾步走过阴森森的古刑场,来到了码头上,陆陆续续又来了几个同伴,他们要乘义渡过罗昌河,到对岸房秩五老先生创办的浮山学校去读书。

这是早晨的第一渡,船夫在岸边揪了一把枯草,擦着船头上的秋霜。浮山金谷禅寺里的钟声隐隐传来,就像眼前这泓秋水,少年们的心里一片澄明。

石溪位于枞阳县西部,与历史名山浮山隔河相望。因地处水陆要津,自北宋起就繁华一时,跻身老桐城名镇之列。虽商贸兴盛,可石溪史上就未出过什么大商人,各类人才倒是层出不穷。一生矢志办学的房秩五老先生就是典型代表。

浮山雷公洞内有块石刻,记载的是北宋嘉祐六年(1061)石溪镇居住弟子毛知遇捐银修道奉报四恩的善举。居住弟子,就是居家修行的佛门弟子。关于毛知遇,有迹可循的文字并不多,可能是石溪镇小商人,他捐银开凿浮山诸岩洞间道路,方便游人。佛在灵山莫远求,灵山只在汝心头。善行善心即是佛。

僧与俗,在石溪高度契合,彼此心有灵犀。

《浮山华严寺碑记》就记载了道光七年(1827)该寺于石溪设立义渡、维护并筹划修桥事宜:"今日华严寺请众捐输,修建石溪桥渡,存剩银两,于嘉庆十八年(1813),价买王姓石溪中街市屋一所,归寺为业。我等公议每年屋租,寺中挑补桥东西马(码)头,余归义渡,至桥之重建,则寺仍然请众绅士合力募输,共襄盛举。"

石溪与浮山之间隔着条罗昌河,水面宽阔,来往行人多有不便。华严寺的僧人就在石溪码头置办了两条大渡船,长年免费载客。1949年渡江战役前夕,这两条渡船更是出了把风头,日夜渡运解放军战士,将他们源源不断地运送到对岸的晓礼庄,然后奔赴前线。

在石溪码头边,有一处不起眼的小广场。别小看这块咫尺天地,旧时却是杀人的刑场。古代刑场多设于繁华地带,最著名的莫过于北京菜市口刑场。石溪是人烟稠密之地,官府于这里设置刑场,处置作奸犯科之人,显然是为了达到警示和震慑效果。路过这里时,友人低声提醒我说这里就是古代杀人场,大家心生敬畏,噤声而过。料想当年这里处置犯人时,人头攒动,众目睽睽,手起刀落,眨眼之间,身首分离。痛快是痛快,可毕竟戕害了生灵,血气也不免唐突了这方灵山秀水。

许是石溪码头上的杀气太重,佛来了。相传旧时,有一僧人手持一束梅花,在路过石溪苍山南麓时停了下来,说:"此地宜建寺。"后建庵于此,栽老梅,名"古梅庵"。民国年间,毕业于桐城县国立师范的宋复扬先生看破红尘,出家于此,并易名"放生庵"。石溪系水码头,渔舟蚁集,水族遭殃。万物有灵,佛门不二,众生平等。宋先生一生积德行善,在当地留下了诸多佳话,乡民称他为"宋善人"。先生惜命,亦惜字。他于石溪栅门外建惜字炉,每日沿街捡拾字纸,送到炉内焚毁。先生是读书人出身,敬惜字纸,他是善人,亦是高士。

想起多年前和友人长安客到石溪的情景。每到乡间,长安客都刻意四处搜罗古书,石溪老街他自然不会错过。沿街一路探访,都说没有。待走到一低门破院处,矮椅上端坐着一形容枯槁的老叟,双目如电,正打量着我们。长安客怯问道:"有古书吗?"他本不抱希望,没想到老叟说:"有。"长安客大喜,延颈鹤望着老者打开了壁柜,在里面一扒拉,拿出几本旧书。长安客翻了翻,问道:"卖吗?"老者说:"少时读过的私塾课本,岂有卖之理?"长安客还不死心,又问道:"还有别的吗?"老者关好柜门说:"有,但那看都不能给你看了。"

长安客好话说尽,愿出高价,老者遂闭目养神,再不理他。长安客束手无策,悻悻然离去,此后到石溪再不言买书。

义善之地,必山朗水清。昔日房秩五老先生故居双瞻阁上曾有一门联曰:"石溪帆影斜阳外,金谷钟声午夜中。"王阳明也有诗赞道:"见说浮山麓,深林绕石溪。"王阳明并未到过石溪,他在九华时,听门人描绘浮山和石溪山水之胜,遂作诗赞之。

时令正是初秋,我们在石溪码头附近沿河漫步。天有点雾蒙蒙的,从幢幢树影间,望见对岸的浮山和山顶上的文昌阁,突然心生欢喜,就像是在人群中忽然看见了一个故人。从石溪这边看去,熟悉却又有点陌生。码头东边的一处山坡上,是一座小村落。路边一棵高大的板栗树上,缀满了饱满的板栗,有的炸裂开了,也无人采收。现在的乡村,人烟稀少,已没有人顾得上这档子事了。坡顶上,林荫之间,有一座新建的正方形四合院,大门紧闭。百姓告诉我们说,这是本村在外地工作的弟兄几人合伙建的。

我完全能够理解。近些年,乡村忽然成了城里人的好去处,况且石溪这般山清水秀且散发着古风的佳地。石溪是一个可以安放梦的地方,是梦栖之地。

"明月松间照,清泉石上流。"一湾碧水绕石溪,清水洗尘,等尔归来。

岱鳌的蜕变

岱鳌山位于枞阳、桐城、庐江三县交界处,有峰九座,最高峰海拔约两百八十米,原本并无多少神奇之处,不过是座普通的小山而已。然而,世世代代生活在岱鳌山周边的百姓们可不这么认为,出于对家乡一草一木的热爱,在他们眼里,这座山上的每块石头都不一般,都有神奇的故事。他们首先给它起了一个好听的名字:岱鳌。岱,泰山的别称;因有一峰颇像海中的巨鳌,又得一"鳌"字,且这"鳌"字又有独占鳌头之意,寓人才辈出。于是就将"岱鳌"二字做了山名。我们不能不佩服先人的智慧,为了增强传奇性,他们又附会出许多神话传说来,说岱鳌是龙的化身,龙首、龙脊、龙爪等肢体各部分都能在山中找到实处,还有如鸿钧老祖、东海龙王、地藏菩萨、秦王神鞭断山等传说,车载斗量,不可胜数。山中仅庙宇就有四五座,香火旺盛。甚至有人直接称岱鳌山为神山。

然而，传说毕竟是传说，是当不得真的。直到山麓下的村子里走出了中国现代美学大师朱光潜，一切都变了。人们再也不用口授相传那些附会的传奇，岱鳌山因人而名，成了一座名山。

朱光潜故居朱家老屋位于岱鳌山西麓岱鳌村吴庄。老屋坍塌于"文革"期间，遗址上，杂木繁荫，竹林青青。静神凝听，仿佛有琅琅书声从时空深处传来。朱光潜出身于书香世家，祖上多为读书人，父亲朱延香是当地有名的私塾先生。朱光潜六岁起读书，一直到十四岁，都由父亲亲授，打下了扎实的国文基础。在十四岁那年，朱光潜来到了离家十几里地的桐城名镇孔城，开始接触新式教育。就这样，由岱鳌到孔城，再由孔城到桐城，至武昌，到香港，再到欧洲……山野顽童朱光潜就这样一步步地离开了家乡，翱翔于更加广阔的天地间。朱光潜为长子，下有两个弟弟朱光澄、朱光泽和五个妹妹。朱光澄亦于日本留学，后任黄埔军校少校教官。朱光泽考入四川大学农学院。三个儿子都学有所成，身为私塾先生的朱延香是很有成就感的，他曾手书一副楹联，挂在朱家老屋的中堂，联曰："绿水青山任老夫逍遥岁月，欧风亚雨听诸儿扩展胸襟。"确是一副好联，朱延香是受得起的，我能想象得出这个老塾师得意的样子。他的三个儿子接受的都是现代大学教育，其中两个留学欧亚，都是他一手教出来的，是他这根老藤上结出的瓜。老桐城是塾师之乡，朱家祖祖辈辈也不乏私塾先生，可是，能有朱延香这种成就的，恐怕再也找不出第二个。他的三个儿子，用家乡的方言读着"之乎者也"，却与外面的现代文明实现了无缝对接。这是时代进步的结果，老塾师朱延香赶上了好时光。据朱光潜的学生反映，朱光潜一生不改浓重的家乡方言。方言是朱光潜的身份标识,虽然他成年后基本没有再回过家乡,但他每天都说着方言,他是带着乡愁行走,或者说,他每天都在以这种方式还乡。

朱光潜写家乡的文字不多,但细心寻找,依然会在他的作品中发现他不经意间留下的怀乡足迹。他这样回忆童年趣事:"我从前在乡下时学过钓鱼,常蹲半天看不见浮标晃影子,偶然钓起来一个寸长的小鱼,虽明知其不满一咽,心里却非常愉快,我究竟是钓得了,没有落空。"(《后门大街》)

即使置身欧洲,他在莱茵河畔散步,目睹异域风情,依然会想起自己的家乡:"我小时在乡下住,早晨看到的是那几座茅屋、几畦田、几排青山,晚上看到的也还是那几座茅屋、几畦田、几排青山,觉得它们真是单调无味,现在回忆起来,却不免有些留恋。"(《当局者迷,旁观者清》)

这几排青山不就是岱鳌山吗?今天的岱鳌已发生了翻天覆地的变化。近年来,我多次去岱鳌山下的岱鳌村寻访朱家老屋遗址,有时是自己去,有时是陪同文友们考察。虽然跑了很多趟,但那羊肠般交错相通的村路依然让人头晕,常常会跑错道。2019年元月,我随一个采风团再次来岱鳌时,眼前的变化让我大吃一惊。看介绍,得知岱鳌村2017年被列为省级美丽乡村建设示范点。村口新建了文化广场,文化墙上写着"大师故里,福地岱鳌"几个大字。文化长廊里,有关于岱鳌山生态旅游和美学大师朱光潜的介绍。通向各个村落的路口,也统一竖起了标识牌,以后再也不用担心在这里会跑错路了。一家一户种几亩薄田的传统种植模式在这里也早已发生了变化。几千年来,土地都一直是农民的命根子。当年,朱光潜的父亲朱延香用辛辛苦苦当塾师挣来的钱购置了几十亩地,不料福兮祸所伏,解放初被划为地主成分,吃尽了苦头。现在,一亩三分地不再那么重要了,土地养活不了许多人了,一部分村民出门打工,一部分变成了新型农民。岱鳌村有了苗木、白茶种植基地和黄牛、龙虾养殖基地等新型种植和养殖模式。农业和农村正在发生着蜕变,过程是艰难的,虽然有点不习惯,但变化毕竟在发生着,而且越变越好。

  岱鳌山静静地伫立着,它在目睹着山下发生的每一点变化。我希望倾圮的朱家老屋有一天能够重建起来。毕竟,传说只能聊增谈资,文化才是一个地方的灵魂。那个走遍欧亚、一生让乡音回响在北大讲堂里的瘦小老人也是一座山,他是岱鳌山第十峰。

守望乡土

想从托尔斯泰和鲁迅的胡须说起。

托尔斯泰有一张很经典的照片,阴郁的脸,眼窝深陷,神情严峻,尤其是大胡子引人注目,雪白,蓬松岔开,根根立起,像是要夺路而逃。托氏出身贵族,随着年龄的增长和写作的深入,他越来越意识到,这身份就像是粘在身上的狗皮膏药一样,是一种耻辱。他终于明白,要同自己的阶层决裂,然而这并非一件易事。他为农民子弟创办了二十多所学校,在国家废除农奴制的前四年,就解放了自己庄园里的农奴。他把自己的全部财产分给农民和穷人,并身体力行,布衣蔬食,参加农事。他在《忏悔录》中说:"有个时期我曾经以自己的才智、门第自傲,现在我知道了,如果说我身上有什么好的东西,那就是一颗敏感而又能够爱的善良的心。"看到冬天里沿街乞讨的又冷又饿的妇女,看到被带进警局的无辜贫民,他自责地说:"我却在一间干净舒适的房间里躺着看书,用着银质的餐具,喝着无花果泡的水,这到底是怎么回事?"没有人能够回答他。晚年,八十二岁高龄的托氏还在谋划着一场出逃,他想永久地告别贵族生活,到农民中间去了此余生,结果却不幸病逝于一家小火车站里。

关于托氏的大胡子,每个人都有自己的看法和理解,在我的眼里,它不仅仅是胡子,更像一场持续发生的雪崩。在这场发生在自己眼皮子底下的雪崩中,托氏的身份和生活都毁了,然而,他的良心却通过作品永久地活了下来。

相比于我们见惯了的传统文人士大夫优雅飘逸的山羊胡,鲁迅的胡须就显得太特别了,它是冷硬的、突兀的,呈"一"字形,刚刚盖过上嘴唇,又粗又黑,一字排开,钢针一般,根根竖立,加上两道横眉,一看就是那种不合时宜的人。唇上曰髭,唇下为须。鲁迅没有留须,他的胡子与其说是胡子,不如说是短髭更准确。有人说他留着这样的短髭是受了日本人特别是他喜欢的作家夏目漱石的影响,这并不重要。那道冷硬的"一"字形短髭,正好代表了鲁迅的批判精神。从这样留有短髭的嘴里,说出的话必定是与众不同的。鲁迅出身望族,但到他那一辈时,已是家道中落。他对底层农民的了解远甚于托氏,哀其不幸,怒其不争,在先生的眼里,融入更多的还是悲愤,所以他的基本立场是批判。当然,这种批判是源于内心深处的同情和热爱。

之所以在这里说到托氏和鲁迅的胡子,就是想说明,托氏和鲁迅胡须的特点及两位大师的写作姿态,对我们今天该如何进行乡土写作会带来哪些有益的启示。乡土写作是一种良心写作,需要作家拥有拳拳赤子之心和悲天悯人的情怀。同时,它又要求作家具备基本的批判精神。如果没有这种精神的烛照,乡土就成了风花雪月和宁静安逸的世外桃源。底层生活的艰难、不幸和抗争就有被连篇累牍的吟风弄月遮蔽的危险,作家就无法写出乡土的真实性、复杂性和深沉性,更遑论启迪和引导民智了。

一个贵族是很难写好农民的,所以托尔斯泰要同自己的阶层决裂;同理,一个胸怀怀旧之心的人也是写不好乡土的,因为乡土的主题远不是怀旧。随着社会转型,现代城市的快速扩张和城镇化的狂飙式推进,传统的农耕文化以前所未有的速度土崩瓦解,它带来的最明显的变化就是引发了国人的集体怀旧潮。于是,以散文为代表的乡土文学空前繁荣和热闹。乡土文学的写作对象应该也必然是乡土的变迁及其中人的思想、情感和命运。哪怕这个人已经漂泊到了城市。

章乐飞先生是我的朋友。我和他很早就熟悉了,我们曾同住在一个小区,但似乎没有偶遇过,即使有时开会碰上了,也很少说话,我们都算是不善言辞的人。近几年,乐飞的散文创作变化较大。他和脚下的这片土地较上了劲,频频地深入家乡的山野和古镇村落,寻古迹,访野老,搜旧事。乐飞在故土上长大并长期生活在这里,按理,他对家乡是很熟悉的,但为了写作,这种"寻"又很有必要,它是再出发、再审视和再发现。很快,乐飞写出了一系列家乡题材的散文,这些作品视角独特、感悟深刻、文辞优美,代表了乐飞散文创作的实力和水平,使得他能够在当前泥沙俱下的怀旧风中脱颖而出,呈现出鲜明的个人化风格。乐飞常说自己是个老年人,但他的创作呈现出了年轻的姿态。这是非常可喜的。

枞阳位于长江之滨,山清水秀,历史文化厚重,人文积淀丰富,名人辈出,被称为桐城派的故乡。家乡是座取之不尽用之不竭的创作富矿。对一名写作者而言,生于这方水土之上是有幸的。但正像作家叶兆言所说,文学是反对土特产的,地方特色并不是文学的标准。因此,是不是从事乡土写作并不重要,重要的是写好,写好汉语写作。我们既要能深入,更要能走出和超越。这是摆在每个从事乡土写作的作家面前的一个严肃课题。

最能代表乐飞目前散文创作水平和特色的,我认为就是《牵着母亲晒太阳》和《涊湖写意》两篇。前一篇是写母亲的。父亲去世,年迈的母亲不得不告别生活了一辈子的农村,随四个儿子生活。四个儿子分居上海、合肥、安庆和枞阳四地。于是,拄着拐杖的母亲不得不在四地来回奔波,出入城市小区,走进鸽子笼般的楼宇。可以想见,一个老人对此感到多么陌生和孤单。相比而言,乡土是开放和交融的,城市是封闭和隔膜的。母亲像那些被移植进城里的古树一样,严重地水土不适。母亲曾经是强大的,乐飞在文中记叙了他目睹的一次母亲历险经历。1969年,家乡遭遇水灾,年关,雪后初晴,"我"随母亲到粮站买供应粮。母亲挑着一百多斤重的山芋干和粮食,在路过一座由两根麻石条组成的石桥时,不小心跌倒了,人趴在桥面上,担子正好压在脖子上。母亲一边拽着袋子,让扁担保持平衡,以防粮食落入河沟内,幼年的"我"也赶紧过去帮忙;母亲这才一边慢慢地挪动身体,将脖子从扁担下挣扎出来。如今,母亲老了。乐飞家住五楼,由于是老式小区,没有电梯,母亲上下楼自然是步行。从一楼到五楼,七十五级台阶,对一个年迈且有脑血栓后遗症的老人来说,不啻悬崖。母亲下楼一般要五至六分钟,上楼要七至八分钟,她执意自己一步一步艰难地走着,拒绝子女搀扶。年轻时的母亲,上山下河,如履平地,虽然她现在老了,但那种强悍之气仍在,她就不信征服不了城里的楼梯。一根乡土上的拐杖来到城里,它遇到的只会是坚硬而冰冷的水泥地面,再也没有了温暖的泥土。李敬泽说,小说和诗歌已完成了现代转型,但是现代意义上的散文的转型还没有完成。他说,"要让散文表达现代的真实的复杂经验"。《牵着母亲晒太阳》一文基本做到了这点,它写出了一种况味,某种程度上,写出了乡土的变化和命运。

《澨湖写意》属于另一种写法,它有了一定的思想深度。乐飞是这样写山水的:

> 古树荆棘,坟茔墓碑;屋宇楼台,鸡舍草垛;一条条田埂,一片片滩涂;一个个水凼,一汪汪湖面……看似凌乱,毫无章法。其实,它们之间有内在的生存规律。不恣意妄为,不相互倾轧。宛若乡下谦和的老人,天冷了,就焐着火球溜达到背风的屋檐下晒太阳;天热了,就摇着芭蕉扇到树荫下乘凉。

原来,山川地理,自然万物,山在哪儿,湖在哪里,村庄又在哪里,都是有规则的。这规则说大了,就是自然界里看不见而全体成员又都在恪守的乡土秩序。这就是审视和再读的收获。

再说说散文的语言。我还是赞成孔子说的标准:"质胜文则野,文胜质则史,文质彬彬,然后君子。"文采和质朴有机结合,拿捏得当,即文质彬彬。汪曾祺说,"写小说就是写语言"。放大一点,写文学也就是写语言,完全做到"惟陈言之务去"是困难的,但我们总要在自己的写作中努力给读者一些不同寻常的阅读体验。语言是每个作家终生为之奋斗的目标。

文学梦或虚度时光

流沙河先生去世了。学生时代,我们都在笔记本上抄过他的名作《理想》:"理想是石,敲出星星之火/理想是火,点燃熄灭的灯/理想是灯,照亮夜行的路/理想是路,引你走向黎明……"当年,少年时的我们,在早晨或午夜一遍又一遍地大声朗诵着这振奋人心的诗篇,这些火热的诗行点燃了我们澎湃的激情和沸腾的热血,让我们觉得自己无所不能,恨不得像古龙笔下的侠客或挑战风车的堂吉诃德,从庸常的生活里突然不辞而别,远走天涯,浪迹江湖,去追寻自己的人生理想。

我的少年时代应从考上中等师范的1987年算起,那一年我十七周岁。此前几年,是忙碌的学习生涯,机械而枯燥,没有多少说头。进入师范,和题海彻底告别,我突然有了一种失落感和恐慌感。师范学校里的课程是相当轻松的,及格就算过关,反正毕业之后都分配工作,成绩好坏无甚紧要。我无所适从,突然不知道自己要干些什么了。

不知怎么就喜欢上了诗歌。一个少年,喜欢上了诗歌而不是散文或小说完全可以理解。20世纪八九十年代,是一个崇拜诗人的年代。朦胧诗潮的余绪还未散去,那是多么美好的时光啊!因为我们胸中都有着浪漫的诗情和纯洁的向往。那还算是一个诗歌的年代。学校位于古镇汤沟,镇上的邮政报刊门市部能买到各大文学期刊,诗歌报刊像《诗刊》《星星诗刊》《诗神》《当代诗歌》《诗林》等,都是抢手货。特别是本省的《诗歌报》,每期能销几十份。几家小书店里偶尔能买到托尔斯泰、莫泊桑和沈从文、刘恒、丛维熙等中外作家的小说,间或也能买到诗集,如安徽文艺出版社出版的《年度诗歌报刊选萃》,我坚持买了多年,直到这本书不再续版。我们就读的学校里没有图书馆,看书只有借阅老师的私人藏书。我的语文老师周雪松先生刚大学毕业,我常到他那儿去借书,后来偶尔也干过借而不还的事。这大约就是我们当时的阅读和写作环境。

学校里的学习气氛不浓,这正合我意,没事的时候就夹本书到校外的草坡上去,很多时候是发呆而不是读书。诗也一首接一首地写,大多是些无病呻吟故作深沉的文字,没有谁将我写诗当作一回事,除了我自己。买来方格稿纸,将诗作一笔一画地誊上去,然后投往各大诗歌报刊,但很多未被录用。一段时间下来,就收集了不少诗歌报刊的退稿信。在我的眼里,它们也是弥足珍贵的,这至少能说明,我的诗作,在心中的圣地即那些报刊社里转了一趟，被编辑审读过，虽然未被采用，但我的人生好像也因此有了些许与众不同的意义。

特别欣赏少年，欣赏少年的豪气与雄心。少年相信明天。少年是敬佩保尔·柯察金的年龄，少年相信强者，他相信通过自己的努力，任何梦想都有可能成为现实。我那时差不多在每本书的扉页上都写下了狄更斯的名言——顽强的毅力可以征服世界上任何一座高峰。少年做事雷厉风行，总是干劲十足，虽然不免毛手毛脚。少年时的我敢藐视一切，成年后还敢吗？那时，我曾写下过这样一首短诗《铁马冰河》："我渴望风云从案头升起/用青春和热血/和对手作最后一击/剑的冷光步步逼近/让我挥戈上马/让我到冰河上去领取一副人杰的筋骨。"这就是少年时代的我写下的诗行，直白、生硬，充满杀气，字里行间长风浩荡，后来的我再也写不出这样的诗句。

当时，听朋友多次说过这样一个故事。就在我就读的那所师范学校内，我有一个老乡叫谢宁，他大学毕业后分配在这里任教。在校内，他与同校一位同事的女儿相爱了，女孩的年龄比他小得多。可以想象，他们的爱情是面临着很大的压力的。有一天，我的这位老乡突然带着女友远去青海。这件事发生在20世纪80年代初，辞职还面临着相当大的风险。我想他在出走前一定经过相当激烈的心理冲突，他对自己当时的生活也一定产生了深深的厌倦。自第一次听到这个故事，我就从内心对这位从未谋过面的老乡产生了深深的敬意。遗憾的是，那时并没有哪个女孩看上我，更不用说陪我去流浪地球了。

239

五十而知天命,知道得太多有时候并不一定是好事。希望那个有梦想的少年仍驻在我这具日渐苍老的皮囊里。